Harald Darer

Makula

Gedruckt mit freundlicher Unterstützung von Stadt Wien Kultur.

Druckprodukt mit finanziellem
Klimabeitrag
ClimatePartner.com/17357-2504-1008

MIX
Papier | Fördert gute Waldnutzung
FSC® C106954
FSC
www.fsc.org

Friedrich-Schmidt-Platz 4/7, 1080 Wien
info@picus.at

Grafische Gestaltung: Buntspecht, Wien
Umschlagabbildung: © La Cassette Bleue / iStockphoto
Druck und Verarbeitung:
Florjančič Tisk d.o.o., Maribor
ISBN 978-3-7117-2164-8

Informationen über das aktuelle Programm
des Picus Verlags und Veranstaltungen unter
www.picus.at

Harald Darer

Makula

Erzählungen

Picus Verlag Wien

In der Mitte der Netzhaut gibt es einen Bereich, in dem die Sehzellen besonders dicht angeordnet sind: die Makula. Hier befindet sich, so heißt es, der Bereich des schärfsten Sehens.

Arbeitet in deiner Firma ein Zahnarzt?

Du weißt aber schon, dass sie für morgen Regen angesagt haben, sagte mein Vater. Ich schätze, er wird Mitte vierzig gewesen sein, wie er das zu mir an diesem Freitagabend im Juli gesagt hatte. Ich achtzehn. Er war in dem Alter, in dem man sich jeden Abend die Wettervorhersage für den nächsten Tag anschaut, obwohl man nichts vorhat, und ich war in dem Alter, in dem man sich die Wettervorhersage nie anschaut, auch wenn man was vorhat.

Das ist ein schönes Beispiel für den mit dem Alter einhergehenden Verlust der gedankenlosen Unbeschwertheit, denke ich. Jetzt, wo ich ungefähr in dem Alter bin wie mein Vater damals, fällt mir auf, dass ich mir, wenn sonst schon nichts anderes, auch wirklich zumindest die Wettervorhersage für den nächsten Tag anschaue, obwohl ich nichts vorhabe.

Ich zuckte mit den Schultern, wie immer, wenn mir mein Vater die Wettervorhersage für den nächsten Tag ansagte, im gleichen Ton wie der

Wetteransager aus dem Fernsehen, so, als wäre er selbst der Wetteransager, und zwar deswegen, *weil* ich etwas vorhatte. Tom hatte mich überredet, mit ihm fischen zu gehen, obwohl ich eigentlich kein Fischer war und nur sehr selten zum Fischen ging, aber seine üblichen Fischerkollegen hatten alle keine Zeit an diesem Samstag, also ließ ich mich überreden. Als um drei Uhr in der Früh mein Wecker läutete, bereute ich sofort, zugesagt zu haben, und wollte auch schon darauf pfeifen, schaffte es aber doch irgendwie, aufzustehen. Ich zog die Jalousien hoch und schaute aus dem Fenster. Ich konnte nicht viel erkennen, es war noch stockfinster. Nur die Regentropfen, die vom Wind gegen die Scheiben geweht wurden, und das Prasseln auf der blechernen Fensterbank konnte ich durch das geschlossene Fenster hören. Ich ließ die Jalousien wieder runterrasseln, schaltete zuerst einmal nur die Nachttischlampe ein und setzte mich auf den Bettrand, die Ellbogen auf die Knie gestützt, das Gesicht in beide Handflächen gelegt. Immer schon war mein erster Gedanke in der Früh in dem Moment, in dem der Wecker läutete: Bitte erschießt mich! Schon als Volksschulkind dachte ich mir, wie meine Mutter ins Zimmer hereingekommen war, absichtlich laut die Tür und das Fenster aufgerissen, die kalte Luft hereingelassen und mir mit ihren Fingern die Haare zerzaust hatte, deren Haut vom andauernden Waschen und Putzen ganz rau war, dass sich einzelne Haare darin verfingen und aus meiner Kopfhaut gezupft wurden, weil der Kopf das Einzige war, das aus der Tuchent herausschaute, unter der es angenehm warm und heimelig war: Bitte erschießt mich. Ich hasste meine Mutter jeden Morgen dafür, dass sie mich aus meiner heimeligen Welt herausgerissen und in die andere, feuchtkalte, mit der ich nichts zu tun haben wollte, hineinschupfte, so wie mich heute meine Kinder hassen, wenn ich sie in der Früh immer für sie viel zu früh aufwecke und aus ihrer heimeligen Welt herausreiße, obwohl ich versuche, es so sanft wie möglich zu tun, und nicht wie meine Mutter noch dazu mit den ewig gleichen Worten: *Auf, auf, ihr müden Hasen, hört ihr nicht den Jäger blasen!* Erst nach circa einer halben Stunde und nachdem ich meinen Kakao getrunken und mein Honigbrot gegessen hatte, das sie mir jeden Tag herrichtete, ging es langsam wieder, und ich war dann doch froh, dass niemand gekommen war, um mich zu erschießen, und ich weiterleben konnte. Zumindest bis zum nächsten Tag in der Früh, wo ich mir wieder dachte: Bitte erschießt mich! Das soll mein ganzes Leben so weitergehen?, dachte ich. Jeden Morgen der Wecker und ich: Bitte erschießt mich? Heute weiß ich: Leider ja, es ging so weiter. Schule, Lehre, Bundesheer, Beruf, Kindererziehung, überall und immer hatte man in der Früh aufzustehen. Und deshalb auch an diesem Morgen wieder der Gedanke: Bitte erschießt mich! Nur dass mir diesmal niemand einen Kakao und ein Honigbrot hergerichtet hatte. Ich stand auf und ging ins Bad. Ich zog mir mein Schlaf-T-Shirt aus und stellte mich vor den an der Wand montierten Heizstrahler. Ein massives Teil aus den siebziger Jahren mit einer fetten Glühwendel. Er leuchtete mir im dunklen Badezimmer rot ins Gesicht. Ich hielt es so lange davor hin, bis mir die Augenlider brannten. Dann erst schaltete ich das Licht am Badezimmerspiegel ein. Obwohl ich achtzehn Jahre alt war und ich meiner Mutter am Vorabend gesagt hatte, dass sie es mir nicht herzurichten brauchte, ich sei alt genug, es mir selbst herzurichten, hatte sie mir mein Gewand natürlich hergerichtet gehabt, so, wie sie beim Frühstück immer darauf bestand, die Butter und den Honig auf mein Brot zu schmieren, obwohl, oder wahrscheinlich gerade deswegen, weil ich immer sagte, sie soll mich doch bitte mein Brot selbst schmieren lassen, ich sei achtzehn Jahre alt, vor allem, wenn ein Freund oder, noch schlimmer, ein Mädchen dabei war, das bei mir übernachtet hatte. Nicht selten kam es zu Rangeleien um das Buttermesser, an dem meine Mutter mit einer Hand eisern festhielt und mit der anderen, die sie dadurch ebenfalls verkrampfte, dabei fast den Teebutterziegel zerquetschte, während ich versuchte, das Messer durch das einzelne Auf- und Zurückbiegen ihrer Finger aus ihrer Hand zu kriegen. An diese Brotschmierdiskussionen und Buttermesserrangeleien musste ich denken, als ich mein Gewand, gebügelt und zusammengelegt, auf der Waschmaschine liegen sah. Einmal werde ich weggezogen oder meine Mutter wird gestorben sein, dachte ich, während ich mir das nach ihrem speziellen Weichspüler riechende und mich dadurch immer an sie erinnern werdende Gewand anzog. Erst dann werden die Brotschmierdiskussionen und Buttermesserrangeleien aufhören, dachte ich.

Ich zog mir Socken an, darüber noch dicke Wollstutzen, und stieg in die klobigen, mit Dreck verkrusteten Bergschuhe. Der eingetrocknete Dreck musste schon einige Jahre alt sein, dachte ich, weil ich genauso oft wandern ging wie fischen. In meinen Rucksack packte ich ein Victorinox-Taschenmesser, Brot, eine Stange Dürre (Braunschweiger), zwei Paradeiser, drei Dosen Gösser-Bier, einen Blumentopfhut und eine rote Regenpelerine. Ich schulterte den Rucksack, ging, so leise wie mit den klobigen Bergschuhen möglich, die zwei Stockwerke hinunter ins Erdgeschoss, stellte den Rucksack neben der Stiegenhaustür ab und ging noch einen Stock weiter hinunter in den Keller, wo meine Eltern ein Kellerabteil hatten, in dem, so hoffte ich, meine Angel, die ich zu meinem Geburtstag, ich glaube, es war mein zwölfter, von meinem Vater geschenkt bekommen hatte, von meiner Mutter verstaut worden war, wie alle meine Kindheitsreliquien, die sie in dem Kellerabteil hortete. Das Kindheitsreliquienkellerabteil meiner Eltern lag neben dem Kellerabteil ihres eitrigen Nachbarn, wie sie ihn nannten, weil das Weiß seiner Augen aufgrund einer Hepatitis-C-Erkrankung ganz gelb war. *Gelbsucht*, wie meine Mutter immer sagte und aber gleichzeitig eine Bewegung mit der Hand machte, die ein Nippen andeutete. Einen Leberschaden bekam man ihrer Meinung nach in erster Linie vom Saufen und war also grundsätzlich selbst verschuldet. Ich schaltete das Licht ein. Die Leuchtstofflampe brauchte ein paar Anläufe, bis sie startete, und gab, auch als sie nach sekundenlangem Flackern endlich gestartet war, nur wenig Licht durch die über die Jahre vergilbte und mit Spinnweben überwucherte Kunststoffabdeckung ab. Es fiel mit einem eine traurige Vergeblichkeit in mir auslösenden Gefühl auf den auf einem vollgerammelten Tisch über viele Jahre zusammengeläpperten Haufen von Dingen. In dem Moment kam mir der Gedanke, wahrscheinlich auch, weil ich mir vorher auf der Bettkante sitzend gedacht hatte, dass man mich bitte erschießen soll: Was weiß ich schon vom Sterben? Den Großteil des Tisches nahm der von meinem Vater selbst gebaute und mit einem Gleichstrommotor inklusive stufenlos einstellbarer Drehzahlregelung ausgestattete Fleischwolf ein. Auf dem rot lackierten Gehäuse klebte eine dicke Staubschicht. In diesem Fleischwolf wurden früher vierteljährlich die Reste der vom humpelnden, immer lachenden und rotbackigen Fleischhacker Augustin in der dem Kellerabteil angrenzenden Waschküche zerlegten Sau faschiert. Unter Beaufsichtigung meines Vaters durfte ich die groben Fleischstücke und Schwarten mit einem Holzknüppel in die Öffnung des Fleischwolfs drücken und je nach Bedarf die Drehzahl rauf oder runter regeln. An der Vorderseite wurde das Fleisch durch ein Rohr und eine Art Sieb in Form von Spaghetti in eine große

Plastikschüssel gepresst, von wo meine Mutter es heraushob und portionsweise zum Einfrieren in Toppits-Gefrierbeutel mit einem Vakuumgerät einschweißte, während mein Vater die ganze Zeit die Zerlegkünste des Fleischhackers Augustin lobte. Eine Sau so zu zerlegen, sei eine Kunst und der Fleischhacker Augustin ein Zerlegungskünstler, sagte er in einer Tour und so laut, dass es der in der Waschküche werkende Fleischhacker Augustin auch gut hören konnte. Komplimente konnte mein Vater immer nur indirekt aussprechen und einem nie direkt ins Gesicht sagen. Direkt ins Gesicht konnte er einem nur sagen, was ihm nicht passte und was man, seiner Meinung nach, falsch machte, oder aufmunternde Sätze wie: *Wie der den Schraubenzieher schon hält!, ich kann gar nicht hinschauen!,* oder: *So kann das nichts werden!* Das Herausdrücken der Fleisch-Spaghetti durch das Sieb des Fleischwolfs hat mir immer gefallen, der Anblick hatte etwas Beruhigendes. Auch den Geruch empfand ich als angenehm. Bis zu dem Zeitpunkt, als ich das erste Mal einen Sauschädel auf der Arbeitsplatte des Fleischhackers Augustin liegen sah und die Schweineaugen, mit den schönen, langen Wimpern. Danach wollte ich es nicht mehr machen, ich wollte niemanden, der so schöne lange

Wimpern besaß, durch einen Fleischwolf drücken. Der Tisch, auf dem der Fleischwolf stand, war mit einer bei mir ebenfalls etliche Kindheitserinnerungen auslösenden Plastiktischdecke bedeckt. Auf diese Plastiktischdecke wurden viele Jahre bei den verschiedensten Festen Köstlichkeiten von meiner Mutter gestellt. Den teuren Küchenholztisch, den meine Eltern beim Einzug in die Wohnung gekauft hatten, habe ich nie zu Gesicht bekommen, weil der immer von diversen Plastiktischdecken abgedeckt war, die abhängig von Jahreszeit oder den verschiedenen Anlässen von meiner Mutter aufgelegt und an den Tischkanten mit metallenen Klipsen befestigt worden waren. Als der Küchentisch später durch einen größeren und im Stil moderneren ausgetauscht wurde, war er quasi neu und mein Vater sagte stolz zu mir: Siehst du, so schauen die Sachen aus, wenn man auf sie aufgepasst hat. Dann verluden wir den Tisch auf den Anhänger und brachten ihn zum Sperrmüll. Auf seinen größeren, moderneren Nachfolger wurde sofort nach der Lieferung von meiner Mutter eine ebenfalls neue Plastiktischdecke gelegt und mit der größten Selbstverständlichkeit und den metallenen Klipsen an den Tischkanten fixiert. Die hellgrüne Plastiktischdecke mit den roten, gelben und blauen Blumenmustern, die Gustav Klimts Farmgarten mit Sonnenblumen nachgeahmt war und auf der jetzt im Keller der Fleischwolf stand, kam immer nur zu festlichen Anlässen zum Einsatz, dachte ich, als ich den ganzen Krempel im Kindheitsreliquienkellerabteil meiner Eltern nach der Angel absuchte. Alte Flaschen Riesling standen in der Ecke, von einem jahrelang zurückliegenden Besuch von Verwandten aus dem Pfälzischen, ein blauer Plastikanker, in dessen Schaft ein Bleizylinder steckte, den mein Vater unzählige Male bei unseren Istrien-Urlauben aus dem Meer herauftauchen hatte müssen, weil er sich verfangen hatte zwischen scharfkantigen Felsen oder einem versenkten Autoreifen und sich nicht mehr herausziehen ließ, ein Billigsdorfer-Kescher, ebenfalls aus einem dieser Istrien-Urlaube, wie sie heute noch an den Strandständen der Urlaubsorte angeboten werden und die normalerweise nach einmaligem Gebrauch wegzuschmeißen weil kaputt sind, alte Schuhe, Arbeitsmäntel und Blaumänner meines Vaters mit dem Logo der Bude an der Brust, in der er noch sein Leben lang arbeiten würde, Arbeitshandschuhe, ein Stapel Trennscheiben für seinen daneben liegenden defekten und zerlegten Flex-Winkelschleifer, Badfliesen im Stil der siebziger Jahre, weil sie wirklich noch aus den siebziger Jahren stammten, Autoreifen ohne Felgen, Radreifen, Schläuche, dazugehöriges Flickzeug, Ventile undsoweiter undsofort.

Ich schaute auf die Uhr. Ich war schon spät dran. Wo war die Scheiß-Angel, verdammt? Dann endlich sah ich sie hinter einem Strauß Plastikblumen hervorstehen. Sie war hinter den Tisch gerutscht. Ich fummelte sie heraus, sie war staubig, sonst fast ungebraucht, weil ich, wie gesagt, sehr selten zum Fischen ging. Daran, wann ich das letzte Mal gewesen war, konnte ich mich nicht mehr erinnern. Der Griff war sogar noch in Cellophan eingeschweißt. Woran ich mich noch erinnerte, war der Tag, an dem ich sie von meinem Vater geschenkt bekommen hatte. Wir schienen beide überrascht, er darüber, warum er sie mir schenkte, und ich darüber, warum ich sie geschenkt bekam. Wir wussten beide nicht den Grund, weil es ja auch keinen gab. Ich hatte mir nichts gewünscht, weil ich die vergangenen Jahre außer Geldgeschenken nichts bekommen hatte, und er hatte mich vorher auch nicht gefragt, ob ich mir etwas anderes als Geldgeschenke wünschte. Warum er mir die Angel gekauft hatte, ist mir bis heute ein Rätsel. Genauso wie die Modelleisenbahn, den Matador-Kasten und das Lego-Technik-Set, die ich zu anderen Anlässen wie Weihnachten und Ostern bekommen hatte. Wahrscheinlich wollte mein Vater mir damit sein persönliches Interesse an mir bekunden, bekundete durch die Geschenke allerdings nur das Interesse an den Dingen, die *ihm* etwas bedeuteten. Ich interessierte mich für Bücher und Musik, bekundete aber mein Interesse daran anscheinend bei meinem Vater zu wenig, als dass es ihm aufgefallen wäre. Ich nahm die Angel, sperrte das Kellerabteil zu, ging die Stiege wieder rauf, schnappte meinen Rucksack und ging raus. Es regnete noch immer. Ein gerader, unaufgeregter Schnürlregen. Ich lief zum Parkplatz, wo mein Auto stand, ein silberner Mazda 626, Baujahr 84, der schon hundertsechzigtausend Kilometer auf der Uhr hatte, als ich ihn kaufte. Ohne die Geldspritze meines Vaters von ein paar Tausend Schilling, die den größten Teil des Kaufpreises ausgemacht hatte, hätte ich ihn mir aber trotzdem nie leisten können. Ich schmiss mein Zeug in den Kofferraum und stieg ein. Jetzt aber schnell, Tom wartete sicher schon beim Karpfen-Petrus, wie der Fischteich mit angeschlossener Buschenschank hieß. Ich freute mich ja mehr auf den Most danach in der Buschenschank als auf das vorangehende Fischen. Mir taten die Karpfen immer leid, die schon zum x-ten Mal herausgefischt worden waren aus dem Teich und schon mehrere Haken im Maul stecken hatten, weil sich viele *Sportfischer* nicht die Mühe machten, sie herauszuholen. Die spüren eh nichts, sagte Tom immer, wenn er den Karpfen mit dem Kescher heraushob, den Haken aus dem sich langsam öffnenden und schließenden Karpfenmaul herausmergelte und ihn wieder zurück ins Wasser gleiten ließ.

Trottelfische! Wetten, den Depp erwische ich heute noch mal?, sagte er und lachte.

Ich startete den Motor, reversierte und gab Gas. Die Räder drehten auf dem nassen Asphalt durch. Die Sicht war schlecht, weil der Nebel, wie so oft hier, wie ein nasser Socken im Tal lag. Ich orientierte mich an den Reflektoren der Begrenzungspfosten am Fahrbahnrand der Landstraße. Kurz bevor ich zur Autobahnauffahrt kam, fuhr ein Feuerwehrauto mit Blaulicht und eingeschalteter Sirene an mir vorbei. Für ein paar Sekunden färbte sich die Nebelwand blau und ich konnte sehen, wie der Beifahrer im Moment des Vorbeifahrens in sein Jausenbrot hineinbiss. Dann entfernte sich der Lärm des Folgetonhorns schnell. Ich fuhr links auf die Autobahn auf und hoffte, weil ich nur ein paar Meter sehen konnte, dass mir beim Abbiegen nicht der Notarzt oder die Rettung entgegenkam, die womöglich der Feuerwehr nachfolgten, aber es kam niemand. Die Autobahn war leer, kein Mensch unterwegs am Wochenende um diese Uhrzeit, dachte ich, und dass es mir eigentlich auch lieber wäre, ebenfalls nicht unterwegs sein zu müssen um diese Uhrzeit, und wenn ich schon unterwegs sein müsste um diese Uhrzeit, dann lieber, weil ich wegen einer Sauftour *noch* wach war und nicht, weil ich wegen des Hobbys eines anderen, dem Fischen, *schon* wieder wach war. Egal, wach war ich nun mal sowieso schon. Wenigstens hatte ich so mehr vom Tag, dachte ich und musste bei dem Gedanken in mich hineinschmunzeln, weil ich mich über diesen Spruch meiner Mutter immer aufgeregt hatte, wenn ich wieder mal bis in den frühen Nachmittag im Bett gelegen war und sie mich mit den Worten: *Du hast ja überhaupt nichts mehr vom Tag!*, oder, *Dir bleibt ja überhaupt nichts mehr vom Tag übrig!* aus dem Bett holte. Wieder so ein Beispiel für den mit dem Alter einhergehenden Verlust der gedankenlosen Unbeschwertheit, denke ich, und dass mir das damals im Auto bestimmt noch nicht aufgefallen ist. Er schleicht sich langsam hinein, der Verlust, tröpfchenweise, eine scheinbar nicht nennenswerte Leckage, und bis man draufkommt, ist sie längst verschwunden, die gedankenlose Unbeschwertheit, aber spätestens ist sie verschwunden, wenn man Kinder hat, oder einem nahestehende Menschen sterben, je nachdem, was vorher eintritt. Ich kramte im Handschuhfach, holte eine Kassette mit der Aufschrift *raw, loud, noisy and sexy* heraus und steckte sie in den Schlitz des Autoradios. Es war eine Zusammenstellung eines Freundes, die er mir zu meinem Geburtstag gemacht hatte. Ich drehte laut auf. Bis zur Abfahrt waren es noch circa zwanzig Kilometer. Ich hörte gerne laute Musik im Radio. Es entspannte mich, ich verlor mein Zeitgefühl und hatte, wenn ich ankam, nicht das Gefühl, eine lange Autofahrt hinter mir, sondern ein Konzert besucht zu haben, oder, noch besser, selbst auf der Bühne gestanden zu sein. So war es dieses Mal auch. In dem Moment, als John Garcia von der Band *Kyuss* bei dem Opener *Gardenia* von dem Album *Welcome to Sky Valley* mit dem Gesang einsetzte, stand in meiner Vorstellung also *ich* auf der Bühne und setzte mit dem Gesang ein, dass mir bei dem Gedanken die Gänsehaut aufstieg. Gerade als er, beziehungsweise ich, den Satz *One blow till I'll take ya down, I'll take ya down* sang, oder besser gesagt schrie, sah ich im Augenwinkel das Ausfahrtschild mit dem Ort, wo ich abfahren musste und den Zusatz *zweihundert-*

fünfzig Meter vorbeihuschen. *St. Barbara zweihundert Meter,* registrierte ich, während ich *I'll take ya down* schrie. Ich wusste, dass die nächste Abfahrt erst in fünf Kilometern kam, und weil ich sowieso schon spät dran war und ich nicht hinterwärts zum Karpfen-Petrus zuckeln wollte, noch dazu bei dem Nebel, lenkte ich auf die Abbiegespur rüber und stieg auf die Bremse. Nicht zu fest, weil ABS gab es damals noch nicht, doch, gegeben hat es die Technologie damals schon, auch Autos mit integriertem ABS gab es, nur war es meistens sauteuer und wurde nur auf Wunsch verbaut, also hatte ich, besser gesagt, mein Mazda 626 Baujahr 84, kein ABS, darum stieg ich vorsichtig auf die Bremse, weil die Straße durch den Nebel und den Regen schon rein optisch schmierig aussah. Mein Mazda fuhr auch schön und wie auf Schienen in die lang gezogene Rechtskurve hinein, die aber immer enger wurde und am Schluss in eine Haarnadelkurve mündete. Ich spürte, dass ich zu schnell unterwegs war, und hoffte und glaubte auch, dass es sich ausgehen würde. Das geht sich schon aus, das geht sich schon aus, dachte ich und sagte es mir auch laut vor, damit der Wunsch auch wahr werden wurde, bis ich unter meinem Hintern spürte, wie das Heck zuerst schwammig wurde und dann ausbrach und ich wusste, dass er nicht wahr geworden war. Ich drehte mich mit meinem Mazda einmal um die Achse, knallte seitlich gegen die Leitschiene und wurde auf die Fahrbahnmitte zurückgeschleudert, wo ich zum Stehen kam. Aus der Stereoanlage kam immer noch *Gardenia* in voller Lautstärke heraus. Ich fuhr ganz langsam zur Seite und dachte, jetzt ist es zu spät, um langsam zu fahren, und hörte den Satz in meinem Kopf, wie ihn mein Vater zu mir sagen würde. Schon im ersten Schreck hörte ich die Stimme meines Vaters: *Jetzt ist es zu spät, um langsam zu fahren, das hättest du dir vorher überlegen müssen.* Ich stellte den Motor ab und es war still im Auto. Ich beugte mich nach vorne, legte meine Stirn ans Lenkrad und ließ meine Arme seitlich hinunterhängen. Ich schloss die Augen und sah sofort die Geldspritze meines Vaters vor mir, die er in Form von ein paar Tausend Schilling auf den wie immer mit einem Plastiktischtuch bespannten Küchentisch meiner Eltern legte. *Für dein Auto*, hatte er gesagt und die Geldscheine in meine Richtung geschoben. Es wird schon nicht so schlimm sein, dachte ich, um mein schlechtes Gewissen zu beruhigen, weil ich zu schnell von der Abfahrt in die Haarnadelkurve hineingefahren war und das, obwohl ich die Haarnadelkurve ja in- und auswendig kannte, weil ich diese Strecke schon Dutzende Male gefahren war. Aber so schnell war ich ja auch wieder nicht unterwegs gewesen, dachte ich andererseits wieder, wie ich in die Leitschiene hineingeknallt bin, und der Winkel, mit dem ich in die Leitschiene geknallt bin, war gar nicht so steil, eher flach, ich bin doch mehr in die Leitschiene hineingerutscht als geknallt, oder?, dachte ich, machte die Tür auf und stieg aus. Es dämmerte schon und ich hörte die Vögel zwitschern, so, als wäre nichts gewesen. Ich hörte ein Auto näherkommen, drehte mich mit dem Rücken zur Straße und tat so, als schiffte ich in den Straßengraben hinein. Das Auto fuhr an mir vorbei. Ich ging von hinten um den Mazda herum und begutachtete den Schaden. Fast die Hälfte der Fahrzeuglänge auf der Fahrerseite hatte was abgekriegt. Ich spürte einen Knoten im Hals und wie mir die Tränen in die Augen schossen. Ich schrie und schmiss den Autoschlüssel auf die Straße, der über den Asphalt schlitterte und in einer Lache liegen blieb. Das Einzige, woran ich denken konnte, war: Wie soll ich das dem Vater sagen? Wie soll ich das nur dem Vater sagen? Das ganze Geld, alles umsonst! Das ganze Geld in einen Totalschaden hineingespritzt!, wird er sagen. Ich ging zum Kotflügel, der am meisten beschädigt und so weit hineingedrückt war, dass er am Rad streifte. Ich zog und riss daran herum, bis das Rad wieder frei war, holte den Schlüssel aus der Lache, setzte mich ins Auto, startete den Motor und fuhr langsam los. Hinterwärts fuhr ich zurück nach Hause und ließ mir dabei so viel Zeit wie möglich. An Tom und den Karpfen-Petrus dachte ich nicht mehr und das Autoradio schaltete ich auch nicht mehr ein.

Als ich zu Hause ankam, bog ich aber nicht in die Gasse ein, sondern fuhr weiter. Um noch etwas Mut zu sammeln, dachte ich. Die Zeit verging, der Mut wurde aber nicht größer, darum drehte ich schließlich doch wieder um. Es blieb mir nichts anderes übrig.

Als ich auf den Parkplatz vor dem Mehrfamilienhaus, in dem meine Eltern wohnten, einbog, hatte sich der Nebel schon verzogen und die Sonne schien prächtig auf meinen demolierten Mazda. Im sogenannten strahlenden Sonnenschein schaute der Schaden noch schlimmer aus. Ich läutete unten beim Stiegenhauseingang. Kurz darauf steckte mein Vater schon seinen Kopf aus dem Küchenfenster im zweiten Stock wie ein Kuckucksuhrkuckuck. Zuerst lächelte er noch, bis er den Schaden bemerkte, dann fing er gleich zu schreien und zu gestikulieren an. Meine Mutter konnte ich nicht sehen, ich wusste aber, dass sie hinter ihm stand und Sätze sagte wie: *Hör auf, lass ihn doch*, und: *Nicht so laut!* Ich nahm den Autoschlüssel aus der Hose und wollte ihn schon, wie vorher, auf den Asphalt schmeißen, legte ihn dann aber doch aufs Autodach, drehte mich um und ging weg. Ich konnte meinen Vater noch eine Weile schreien hören, bis ich in die nächste Gasse einbog, dann war es ruhig. Ich hatte wieder den Knödel im Hals gekriegt, den ich immer kriegte, wenn ich die immer gleichen Vorwurfssätze vom Vater zu hören bekam. Die paar Tränen, die ich nicht unterdrücken konnte, und der gleichzeitig aus meiner Nase rinnende Rotz waren gleich von meinem Ärmel aufgetunkt und ich fühlte mich wie der Bub, der ich gewesen war, als ich mir die Knie aufgeschlagen hatte, weil ich mit dem neuen Fahrrad gestürzt war und mein Vater gesagt hatte: *Wie oft habe ich dir schon gesagt*, undsoweiter, während er mir das mit Arnikaschnaps getränkte Tuch auf die Wunde drückte.

Ich spazierte durchs Dorf zum Haus meiner damaligen Freundin, wo ich mich sowieso die meiste Zeit aufhielt. Sie wunderte sich, warum ich schon da war, und als ich ihr erzählte, was passiert war, zuckte sie nur mit den Schultern und sagte, genau wie ihre Mutter, die im ersten Stock gerade das Mittagessen kochte: Hauptsache, *dir* ist nichts passiert. Es gab Eintropfsuppe.

Willst du später auch eine? Es ist genug da, sagte ihre Mutter und ließ mit einer Gabel das Mehl-Ei-Gemisch in den Topf mit der kochenden Rindsuppe tropfen, wo es in kleine Teile verklumpte, die ich wegen ihrer Konsistenz so gern mag.

Ja, gerne, sagte ich und setzte mich neben meine Freundin, die noch ihr Frühstückskipferl aß, an den Küchentisch, der größer war als der meiner Eltern, so wie die ganze Küche größer war als die meiner Eltern, so wie der ganze Wohnraum und ihr ganzes Leben größer waren als das meiner Eltern, wie mir vorkam.

Dann erzähl mal, was passiert ist, sagte sie und ich erzählte, was passiert war.

Mach dir nicht zu viele Gedanken, sagte sie, mir ist das auch schon mal passiert. Erinnerst du dich?, sagte sie zu meiner Freundin, um sie aufzumuntern ihr zuzustimmen und auch zu sagen, dass es nicht so schlimm sei, damit ich mich nicht so schlecht fühlte wegen des Unfalls und dem Zusammenschiss von meinem Vater. Das ist nett von ihr, dachte ich, dass sie sich so bemüht, aber es half nicht viel, das Auto war hin, Geld für eine Reparatur beim Autospengler hatte ich keines, auf alle Fälle zu wenig, weil, wie jeder weiß, *es der Autospengler von den Lebenden nimmt,* wie mein Vater immer sagte, was so viel hieß wie dass die Autospengler unverschämt viel Geld kassierten, und selbst reparieren konnte ich es nicht, weil ich *zwei Linke* hatte, was ebenso ein beliebtes Zitat meines Vaters in meine Richtung war. Ich saß also da wie der traute Trottel auf der Eckbank, ließ mir von der Schwiegermutter in spe die dampfende Eintropfsuppe servieren, rührte mit dem Löffel darin herum und blies abwechselnd hinein, um sie abzukühlen. Um vom Thema abzulenken und mir zu zeigen, dass mein Unfall eine Lappalie war, nicht der Rede wert eigentlich, sagte sie: Wir hatten auch einen Unfall heute Früh. Gleich dort drüben, sagte sie und zeigte auf die Bundesstraße, die auf der anderen Seite des Kukuruzfelds vor dem Haus vorbeiführte.

Die Sirene hat mich aufgeweckt, sagte sie. Muss so um halb vier gewesen sein. Kurz darauf habe ich schon die Feuerwehr gehört. Ich konnte nicht mehr einschlafen, habe mir den Morgenmantel übergezogen und bin runter. Da waren dann schon alle dort. Gleich neben der Brücke. Polizei,

Feuerwehr, Rettung, Notarzt, das volle Programm. Ein Auto ist im Kukuruz gelegen, auf dem Dach. Der Notarzt hat jemanden bearbeitet, der neben dem Brückengeländer auf dem Boden gelegen ist. Hat ziemlich lange gedauert, bis sie ihn abtransportieren konnten, sicher eine gute halbe Stunde. Am Vormittag habe ich schon erfragt gehabt, wer es war.

Und, wer war es?, sagte ich und blies auf meinen Löffel Eintropfsuppe.

Kein Bekannter, sagte sie.

Weißt du den Namen noch?, sagte ich.

Dann sagte sie den Namen. Es stieg heiß in mir auf, ich versuchte aber, mir nichts anmerken zu lassen. Das hatte ich mir irgendwann einmal angewöhnt, dass ich mir, wenn etwas passierte, das mich aufregte oder verstörte, nichts anmerken ließ. So wie die Karpfen sich nichts anmerken ließen, obwohl schon vier Haken in ihrem Maul steckten und sie einen mit ausdruckslosem Gesicht anstarrten. Zwanghaft ließ ich mir nichts anmerken, dass manche schon glaubten, ich sei kaltherzig, sozial minderbemittelt, mir sei alles wurscht undsoweiter. Aber es war genau gegenteilig, je mehr mich etwas fertigmachte, desto weniger merkte man es mir an, ich war ein Verstellungsneurotiker, was das anging. Der

Name, den meine Schwiegermutter in spe sagte, war nicht nur ein bekannter. Es war der Name meines Bruders. Aber er hat einen anderen Nachnamen als ich, weil er mein Halbbruder ist, ich das aber nie jemandem gesagt hatte, weil ich den Ausdruck *Halbbruder* hasste, darum kannten ihn meine Schwiegermutter in spe und meine damalige Freundin auch nicht unter diesem Namen. Das Wort Halbbruder hatte immer eine negative Wirkung auf die Leute, darum benutzte ich die Bezeichnung *Halbbruder* für meinen Bruder auch nicht. Das Wort Halbbruder war mit einem Makel behaftet. Die Leute dachten dabei an halbe Sachen, die halbe Wahrheit oder an ein halbes Glück, und manchmal konnte ich sehen, wenn ich das Wort Halbbruder sagte, in der Art, wie sich ihr Blick veränderte oder ihre Körperhaltung oder wie sie auf einmal ihren Kopf anders hielten als sonst, dass sie meinten, meine Mutter sei wohl eine halbe Schlampe, bestimmt aber keine ganze Ehefrau, keine ganze Mutter, die *voll und ganz* für ihren Gatten und ihre Kinder da war, sondern nur eine halbe. Mein Halbbruder aber war immer mein ganzer Bruder für mich gewesen. Auch für meinen Vater war er ein ganzer und kein halber Sohn. Nie hat er ihn halb, immer nur ganz zusammengeschissen – gleiches Pech für alle!

Siehst du, im Vergleich zu dem, den sie da eine halbe Stunde heute Früh auf der Straße reanimiert haben, hast du ein Riesenglück gehabt, sagte meine Schwiegermutter in spe.

Ich nickte und schluckte einen weiteren Löffel Eintropfsuppe hinunter, was mir schwerfiel, weil sich der Knoten, der sich in meinem Hals gebildet hatte, dagegen sträubte. Der Löffel Eintropfsuppe kam mir wieder herauf und ich würgte ihn mit Gewalt noch mal hinunter und musste noch dazu dabei so tun, als ob nichts wäre, ich durfte mir zwanghaft selbst und somit den anderen nichts anmerken lassen. Dann läutete auch schon das Festnetztelefon im Vorhaus. Meine Freundin ging ins Erdgeschoss hinunter, um abzuheben. Gleich darauf war sie wieder da. Ich war mit meiner Eintropfsuppe gerade fertig geworden.

Deine Mama ist dran, sagte sie. Sie will mit dir reden.

Ich stand auf und ging ins Vorhaus hinunter. Der Hörer, mit dem Spiralkabel am beigen Drehscheibentelefon, lag lauernd auf dem von meiner Schwiegermutter in spe selbst gestickten Hardangerdeckchen der Vorzimmerkommode. Ich nahm den Hörer, hielt ihn an mein Ohr und sagte *Hallo*. Meine Mutter, auf der anderen Seite der Leitung, die, wie ich mir vorstellte, wie immer, wenn sie telefonierte, im finsteren Vorzimmer der kleinen Wohnung saß, weil sie aus Stromspargründen dort nie das Licht einschaltete – auf ihrem roten Holzstockerl sah ich sie sitzen, von dem der Lack schon abblätterte –, schluchzte in ihren hinein.

Die ersten Wochen nach dem Unfall fuhr ich nicht ins Spital, um meinen Bruder zu besuchen. Meine Mutter hatte Folgendes zu berichten: Nach Tagen des Tiefschlafs war mein Bruder überraschend aufgewacht. Vor allem für die Ärzte und das Pflegepersonal war die Überraschung groß. Natürlich war er nach dem Aufwachen verwirrt, wusste nicht, was passiert und wo er überhaupt war. Ich nehme an, dass er Angst hatte. Deshalb riss er sich sämtliche Schläuche, Sonden und sonstige Zugänge, die von den Ärzten zu seiner Lebensrettung mit *arteriellen Verweilkanülen* – die Bezeichnung werde ich mir immer merken – verlegt worden waren und die seiner Meinung nach nicht da hineingehörten, aus seinem Körper heraus und stand auf. Was die Ärzte und das Pflegepersonal am meisten wunderte, nämlich, dass jemand in seinem Zustand überhaupt imstande war, aufzustehen. Und wo er schon mal stand, ging er auch. Was sie noch mehr verwunderte, dass jemand in seinem Zustand nicht nur imstande war, aufzustehen, sondern noch dazu imstande war, zu gehen, wie die Ärzte meiner Mutter fast bewundernd erzählt hatten. Von besorgten Besuchern alarmiert, fanden sie meinen Bruder, die aktuelle Ausgabe der *Kronen-Zeitung* lesend, mit weiteren Besuchern im Warteraum sitzen. Von seinem OP-Hemd, das bereits damit vollgesogen war, tropfte das aus seinen offenen Arterien austretende Blut weiter auf den Boden, wo er, bloßfüßig, wie er war, seine Zehen in die dort bereits entstandene Blutlache eintunkte, die schnell größer wurde. Mein Bruder konnte sehr stur sein. Es dauerte eine Weile, bis sie ihn wieder zurück ins Bett bringen konnten. Dort wurde er mit Beruhigungsmitteln ruhiggestellt und zu *seiner eigenen Sicherheit fixiert*, wie der Arzt sagte.

Meine Eltern besuchten ihn mehrmals die Woche. Nach den Besuchen im Spital telefonierte ich immer mit meiner Mutter. Bevor sie auflegte, sagte sie jedes Mal: Hoffentlich bleibt ihm nichts.

Zu Hause wollte ich mich nicht blicken lassen und tat es auch nicht. Ich war immer noch angefressen auf meinen Vater, beziehungsweise war ich *noch mehr* angefressen auf ihn, wenn ich mir vorstellte, wie er wohl zum Vergleich mit meinem Unfall reagierte, als er vom Unfall meines Bruders erfahren hatte. Gleiches Pech für alle, nicht wahr?, dachte ich. Erst nach mehrmaligem Bitten meiner Mutter sagte ich, dass ich am kommenden Sonntag einen Sprung vorbeischauen würde. Ich sollte gleich auf den *Grund* kommen, wie meine Eltern immer sagten. Der *Grund* war ihr kleines Grundstück, direkt neben der Südbahnstrecke gelegen, wo sie eine kleine Hütte aufgestellt und einen Gemüsegarten angelegt hatten. Noch heute, wenn ich mit dem Zug von Wien nach Graz fahre und beim Vorbeifahren die Hütte sehe, die immer noch dort steht und die ich aber nach dem Tod meiner Eltern sofort verkauft hatte, denke ich an den Tag, an dem ich zum ersten Mal nach dem Streit mit meinem Vater wieder auf den Grund gefahren war. Und die Worte meines Vaters fallen mir auch ein, im Bruchteil der Sekunde, in der der Railjet an der Hütte vorbeifährt, die er oft zu mir sagte, während er sein Hochbeet mit dem wuchernden Endiviensalat goss und ich daneben Zeitung lesend im Gartensessel saß: Was machst du mit dem Ganzen hier, wenn wir einmal eingegangen sind?

Ginstergassenseitig hatte mein Vater auf selbst verlegten Pflastersteinen ebenfalls selbst einen Holzverschlag hingestellt. Heute würde man Carport dazu sagen. Mit integrierter Grube, wo er kleine Reparaturen an seinem Auto und Autos von Bekannten und Verwandten vornehmen konnte. Fast immer, wenn ich auf den *Grund* fuhr, murkste mein Vater an einem Auto, wobei nur sein Kopf und seine Arme aus der Grube herausschauten und ich ihm, nachdem er mich bemerkt hatte, eine Siebzehner-Nuss, den Drehmomentschlüssel, die Wasserpumpenzange oder sonst irgendein Werkzeug zureichen musste. Er war ein leidenschaftlicher Automurkser, darum verbrachte er auch viel Freizeit in seiner Murksergrube, und ich war als Kind sein leidenschaftsloser Zureicher gewesen. Momentan murkste er gerade an den Stoßdämpfern des Golf-Cabrio eines Arbeitskollegen, wie mir meine Mutter am Telefon erzählt hatte. Als ich zum Grund kam, murkste mein Vater auch gerade an der Hinterachse des Golf-Cabrio herum. Davor, zur Hälfte auf der Ginstergasse heraußen, stand mein Mazda. Er war blank poliert, das Tuch, mit dem er poliert worden war, lag noch auf der Motorhaube, am Boden daneben die Tube mit der Polierpaste.

Jemand da?, rief ich, obwohl ich von der Straße schon die Arme meines Vaters sehen konnte. Ich sah seine großen, fettverschmierten Hände die beiden Holzkeile, die vor den Hinterrädern des Golf-Cabrio geklemmt waren, herausziehen und das Auto einen Meter nach vor schieben, damit er aus seiner Murksergrube herausklettern konnte. Heraußen wischte er sich die Hände an einem öligen Fetzen ab und steckte sie in die Taschen seines Blaumanns. Er ging ein paar Schritte in meine Richtung.

Schau mal, sagte er und deutete mit dem Kopf auf meinen Mazda. Hab ihn mir angeschaut.

Dabei schob er mit der Sohle seines Stahlkappenschuhs einen am Boden liegenden Steckschlüssel hin und her.

War gar nicht so schlimm, wie es ausgeschaut hat, sagte er. Mein Vater stellte sich neben mich, zog eine Hand aus der Hosentasche, legte sie auf meine Schulter und drückte zweimal fest zusammen, was so viel hieß wie: Sind wir wieder gut?

Ist schön geworden, sagte ich, wie neu!, und strich mit der Handfläche über den Kotflügel, der jetzt aussah, als wäre nichts gewesen, was so viel hieß wie: Ja, wir sind wieder gut.

Er erklärte mir alle Arbeitsschritte, welches Werkzeug und welche Materialien er verwendet hatte, den Karosseriekitt vom Autospengler, die Spachtelmasse und den Lack mit der Farbspritzpistole, wie viele Stunden er mit dem Schleifen gebraucht hatte undsoweiter. Es war, wie alles, was er liebte, für mich unendlich langweilig, aber ich hörte ihm trotzdem aufmerksam und interessiert zu. Schließlich hat man nur einen Vater, wie meine Mutter immer zu mir sagte.

Das Feuerwehrauto, das mir in der Früh entgegengekommen war, in dem der Feuerwehrmann saß, der gerade in das Jausenbrot gebissen hatte und der der Bekannte meiner Schwiegermutter in spe gewesen ist, war gerade auf dem Weg zur Unfallstelle gewesen. Beim Ankommen haben sie zuerst nur einen Körper wahrgenommen, der neben dem Brückengeländer auf der Fahrbahn lag. Das Auto, das im Kukuruzfeld gelandet und auf dem Dach liegen geblieben war, bemerkten sie erst später. Weil mein Bruder sich nie anschnallte, wurde er nach dem Aufprall aus dem Auto und gegen das Brückengeländer geschleudert. Den Verletzungen zu urteilen mit dem Gesicht voraus, wie die Ärzte gesagt hatten. Der Feuerwehrmann, der gerade in das Jausenbrot gebissen hatte und der auch ein Bekannter meines Bruders war, erkannte ihn nicht. Dass er es war, erfuhr er erst, als er den Führerschein aus dem Handschuhfach herausholte.

Ich fuhr zusammen mit meiner Mutter in meinem frisch renovierten und polierten Mazda ins Spital. Sie warnte mich vor. Mein Bruder sei äußerlich und innerlich havariert, sagte sie. Der Unfall hätte einen Organschrottplatz hinterlassen und verursache zudem neurologische Kurzschlüsse, die sich in epileptischen Anfällen einerseits, andererseits in totaler Gelassenheit äußerten. In absoluter Wurschtigkeit seinem und dem Schicksal im Allgemeinen gegenüber, sagte sie. Wenn man ihn nicht besser kannte, käme er einem völlig teilnahmslos vor. Sein Gesichtsausdruck sei eine emotionale Nulllinie, die weder ins Positive noch ins Negative ausschlage. Außer einer kleinen mimischen Veränderung in der Mundgegend, die ihr beim Plaudern mit ihm aufgefallen war. Sie würde sie als kaum erkennbare Verschmitztheit beschreiben, die ihr vor seinem Unfall nie aufgefallen sei, sagte sie. Wenn sie ihn beobachtete, wie er seinen Oberkörper drehte oder seinen Kopf hob und nickte, müsse sie an das Wort *Materialermüdung* denken. Auf die Frage, wie es ihm gehe, antworte er immer, mit der genannten Verschmitztheit im Gesicht: Immer gleich. Mir geht es immer gleich.

Ich befürchtete, nun doch noch einen Halbbruder bekommen zu haben.

Als wir ins Zimmer kamen, erkannte er mich nicht. Ich erkannte ihn auch fast nicht mehr. Die Proportionen passten nicht zusammen. Es sah so aus, als hätte jemand einen ramponierten Erwachsenenkopf auf einen Kinderkörper montiert. Meine Mutter verwendete in diesem Zusammenhang das Wort *zernepft,* was eine Verniedlichung war, mich aber nicht wunderte, weil meine Mutter immer alles verniedlichte. Je schrecklicher die Tatsachen, desto niedlicher und harmloser deren Beschreibungen. Die Knochen des Gesichtsschädels waren durch den Aufprall von der Leitschiene zertrümmert worden. Vor allem die rechte Augenhöhle war nicht mehr vorhanden und wurde im Laufe der Jahre plastisch wieder aufgebaut. Geschmacks- und Geruchssinn waren für immer futsch. Er konnte kaum reden, weil Ober- und Unterkiefer mit einer Schnur zusammengezurrt waren. Nur ein kleiner Schlitz für den Schlauch war geblieben, durch die man ihm die Flüssignahrung verabreichte.

Schau mal, wer da ist, sagte meine Mutter, dein Bruder!

Wer?, sagte mein Bruder nach einer für eine gewöhnliche Konversation zu langen Pause.

Dein Bruder!, sagte meine Mutter.

Mein Bruder?, sagte mein Bruder.

Ja, dein Bruder!, sagte meine Mutter.

Er schaute mich von oben bis unten an.

Den da kenne ich nicht, sagte mein Bruder.

Aber sicher kennst du den, sagte meine Mutter, das ist dein Bruder!, undsoweiter.

Sie sagte ihm immer wieder das Wort *Bruder*, meinen Namen und meinen Lebenslauf wie einen Steckbrief auf, zum Schluss meine Hobbys (sie sagte tatsächlich: Fischen), und dass ich gerade eine Lehre als Elektriker machte.

So wie du!, sagte sie.

Mein Bruder versuchte seinen Mund weiter aufzumachen, aber es ging nicht, er schaffte es nur, seine Ober- und Unterlippe hochzuziehen. Der Mund und die gelben Zähne sahen dabei aus wie ein Pferdemaul.

Komm her, sagte er.

Ich kam näher und er legte seine Hand auf meinen Unterarm. Sie war heiß. Mit der anderen deutete er mir, mit meinem Kopf näher zu kommen, so, als wollte er mir etwas Geheimes zuflüstern. Ich beugte mich zu ihm runter. Mit dem zu langen Fingernagel seines Zeigefingers zupfte er an der Schnur in seinem Mund herum. Ein fauliger Geruch kam aus dem Suppenschlitz heraus.

Sag einmal, nuschelte er, arbeitet in deiner Firma ein Zahnarzt?

Und als ich ihm sagte, nein, beim Elektriker arbeiten keine Zahnärzte, fragte er mich, ob ich beim nächsten Besuch nicht zumindest einen Seitenschneider mitnehmen könne, um ihm damit die Drähte im Mund aufzuzwicken, die würden ihn nämlich so beim Kauen stören.

Als wir auf die Autobahn auffuhren, stand die Sonne schon tief.

Hoffentlich bleibt ihm nichts, sagte meine Mutter.

Der wird schon wieder, sagte ich.

Das Licht fiel auf die Front meines Mazdas. In diesem Winkel, und mit dem richtigen Lichteinfall, konnte ich die Unebenheiten, die leichten Dellen und den Farbunterschied an den Stellen, die mein Vater ausgebessert hatte, gut erkennen. Von Weitem und bei bewölktem Himmel sieht er eigentlich wieder aus wie neu, dachte ich.

Trotzdem wusste ich insgeheim, dass inwendig etwas nicht mehr ganz stimmte mit ihm. Jetzt, wo ich ungefähr in dem Alter bin wie mein Vater damals, denke ich es noch immer.

Plunderkind

Wenn man mich danach fragt, weiß ich auf die Schnelle gar nicht, was ich sagen soll, sagte sie, nachdem ich sie gefragt hatte. Das ist wie wenn einen einer fragt, warum man zu rauchen angefangen oder warum man sich in jemanden verliebt hat, das kann man auch nicht sofort und ohne nachdenken beantworten, denke ich mir, oder?, sagte sie. Außerdem bin ich es gar nicht gewohnt, dass überhaupt einer fragt. Meistens fragt ja keiner, nicht wahr? Wahrscheinlich, weil es demjenigen unangenehm ist, danach zu fragen, oder weil er denkt, dass es *mir* unangenehm ist, danach gefragt zu werden. Wenn man wo fremd ist und niemanden kennt, freut man sich ja schon, wenn einen einer grüßt oder fragt, wie man heißt, sagte sie.

Wie ich sie fragte, wie sie heißt, sagte sie: Ich heiße Ajna, und wie ich sie fragte, woher sie kommt, sagte sie: Aus Tschetschenien. Tschetschenien kannte ich nur aus den Nachrichten, in denen Bilder gezeigt wurden von Panzern, die Löcher in Häuser von

Wohnsiedlungen geschossen hatten, von Spielplätzen, vor denen umgeknickte Schaukeln, Rutschen und Sandkistenspielzeug herumlagen, und aus den Berichten von Massengräbern, die mich an die Berichte der Massengräber aus den Neunzigern im Jugoslawienkrieg erinnerten, die mich wiederum an die Schwarz-Weiß-Bilder der Massengräber im Zweiten und im Ersten Weltkrieg erinnert hatten, die in den Schulgeschichtsbüchern abgebildet waren. Bei den Bildern und Berichten war ich immer froh, in der Zeit und an dem Ort zu leben, wo es gerade keine Massengräber gab, weil, irgendwo gab es anscheinend immer welche. Die Tatsache, dass in einer Welt, in der es zum Beispiel das Christkind, Mickey Mouse und Pippi Langstrumpf gab, gleichzeitig Massengräber ausgehoben, zugeschüttet und wieder ausgehoben wurden, hat mich als Kind immer verstört, habe es dann als Erwachsener aber einfach hingenommen, wie die Tatsache, jeden Tag arbeiten gehen zu müssen.

Du bist also ein Flüchtling gewesen, sagte ich zu Ajna, nachdem sie mir gesagt hatte, wie sie heißt und dass sie aus Tschetschenien gekommen ist, und bin mir beim Aussprechen des Wortes *Flüchtling* etwas seltsam vorgekommen, weil wird man in Österreich mit einem Wort angesprochen, das mit

»ling« endet, schwingt automatisch eine Geringschätzung mit, eine Verächtlichmachung, die dem Angesprochenen unterstellt, er sei weniger wert als man selbst, jemand, von dem man glaubt, mit ihm anders und somit von oben herab reden zu können, vor allem, wenn man selbst sonst nur von unten hinauf zu reden hat. So wie dem Schädling oder dem Lehrling. Darum besserte ich mich gleich darauf aus und sagte: Du bist also geflüchtet damals, oder?

Wenn man mich danach fragt, weiß ich auf die Schnelle gar nicht, was ich sagen soll, sagte sie also, undsoweiter.

Der Gedanke, dass ich flüchte, dass ich auf der Flucht bin, ist mir in dem Moment außerdem gar nicht erst gekommen. Es war mehr ein Aufbruch, beziehungsweise ein Abbruch mit dem, was ich gehabt habe zu dem Zeitpunkt, einfach weil sich die Möglichkeit ergeben hat. Ich wollte das Leben abbrechen, das ich gehabt habe, seit ich elf Jahre alt war. Da ist urplötzlich mein Vater gestorben und mit ihm mein Leben, wie ich es bisher gekannt habe, das war mein erster Abbruch. Gleich nach der Beerdigung ist die Verwandtschaft der Stiefmutterseite in der Küche gesessen und hat sich von mir bewirten lassen. Eine Verwandtschaft von der Mutterseite gab es nicht, die ist gestorben, als ich ein Kind war, so circa drei Jahre alt. Und die Verwandtschaft von der Vaterseite interessierte sich nicht für mich, die war froh, sich nicht um mich kümmern zu müssen. Ein paar Jahre habe ich warten müssen auf die Möglichkeit für den nächsten Abbruch, und selbst als sie dann gekommen ist, war ich mir nicht sicher, ob ich abbrechen soll. Schließlich ist man zu Hause, wo man zu Hause ist, trotz der Schläge, nicht wahr? Obwohl ich ein – wie sagt man auf Deutsch?, Plunder glaub ich – ja, ich bin ein Plunderkind gewesen in der neuen Familie, nachdem der Vater gestorben ist. Du weißt schon, was ich meine, oder? Nichts passt nie, alles ist immer falsch, was man auch tut: Sollst du dort mehr putzen und putzt dann auch dort mehr, so, wie man es dir angeschafft hat, heißt es, du hast woanders zu wenig geputzt und umgekehrt. Kochst du ihnen was zu essen, ist es dem einen zu lind und dem anderen zu salzig, dem einen zu heiß, dem anderen zu lauwarm, dem einen das Fleisch zu mager, dem anderen zu fettig, dem einen das Kraut zu kernig, dem anderen zu zerkocht, vom einen kriegst du eine Genickwatsche, der andere boxt dir in den Magen, von beiden kriegst du einen Arschtritt und die Stiefmutter verdreht dir die ganze Zeit das eine, dann wieder das andere Ohr, dass abwechselnd einmal das linke und einmal das rechte Ohr blau ist. Ich bin eine Aschenputtel-Tschetschena gewesen, wie die im Märchen, nur zusätzlich mit blauen Flecken!, sagte sie und lachte.

Sie nippte an dem Wasserglas, das ich ihr angeboten hatte.

Irgendwie bin ich hineingestolpert in den Aufbruch, ich war ja erst siebzehn, weißt du?, sagte sie. Eigentlich wollte ich ja gar nicht so richtig aufbrechen, und dass es eine Flucht ist, daran habe ich, wie gesagt, auch nicht gedacht. Flucht heißt ja immer, von etwas oder vor jemandem davonzulaufen. Für mich war es aber mehr so wie eine Chance ergreifen zu können als davonzulaufen, wie man so schön sagt. Ich bin nie vor jemandem davongelaufen! Ich habe viel lieber zurückgeredet, auch und vor allem bei Männern habe ich zurückgeredet, weil die es überhaupt nicht leiden haben können, wenn man zurückredet, vor allem, wenn ein junges Mädchen, wie ich es war, zurückredet. Für mich ist es eine Chance gewesen, mit Ismael mitzugehen, obwohl ich eigentlich in Yusuf verliebt gewesen bin und dableiben wollte.

Den Prinzen musste die Aschenputtel-Tschetschena also zurücklassen, wenn sie wegwollte, sagte ich.

Leider, sagte sie. Immer wieder habe ich gesagt, ich geh doch nicht, und meine Stiefschwester hat dann gesagt: Raus mit dir von hier, was willst du denn in dem Dorf noch, sagst du nicht immer, das hier ist die Hölle für dich? Geh in die Welt hinein! Ich würde sofort in die Welt hineingehen, wenn ich könnte, nur kann ich nicht, weil mich keiner mitnimmt beziehungsweise weil ich keinen Mann habe, der mich mitnimmt in die Welt!, hat sie gesagt und mich an beiden Ohren gepackt und den Kopf hin und her geschüttelt, als wollte sie mir die Unschlüssigkeit und die blöde Liebe herausschütteln, die sowieso nur eine Verliebtheit gewesen ist, wie sie gesagt hat. Aber ich wusste ja gar nicht, was Europa ist, ich wusste nicht, wo ich überhaupt hinwollen sollte. Bis zu dem Zeitpunkt ist für mich die Welt nur Moskau gewesen. Moskau war die Welt, wo sich alles abgespielt hat, und rundherum von Moskau waren Dorf und Gegend. Kühe, Ziegen, Schafe, Hühner und Straßen, die nicht asphaltiert waren, dort also, wo ich war, dort, wo mein Yusuf war, der meine Welt gewesen ist, dort wo ich hingehört habe!, sagte sie.

Sie schaute auf ihre Armbanduhr, die ein goldenes Band hatte, das zu groß für ihren Arm war.

Deswegen rutschte ihr die Uhr immer ein Stück über das Handgelenk, was sie störte, weshalb sie die ganze Zeit eine Bewegung machte, als würde sie eine Fliege verscheuchen, damit die Uhr wieder zurück hinaufrutschte. Sie sagte: Aber jetzt muss ich!, packte den Kübel, den Aufreibfetzen und ein paar Küchenrollen auf ihren Putzwagen und schob ihn durch die Eingangstür des Büros, in dem ich arbeitete. Bis bald, sagte sie, verschwand im Lift und ich ließ die Tür zufallen.

Ihr Arbeitstag war zu Ende, als meiner erst anfing. Normalerweise laufen sich die Büroangestellten und die Putzfrauen ja nicht über den Weg. Alles ist so eingestellt und programmiert, dass die einen von den anderen nichts mitbekommen. Dass jemand vor einem schon da war, merkt man nur, weil der braune Rand, den das Kaffeehäferl auf dem Schreibtisch hinterlassen hat, nicht mehr da ist. Oder daran, dass die Dinge ein wenig anders angeordnet sind als am Vortag, kleine Verschiebungen nur, aber so wenig, dass man nicht weiter darüber nachdenkt. Dass ich Ajna überhaupt getroffen habe, war ein Zufall. Ich hatte bei der Winterzeitumstellung vergessen, meinen Wecker zurückzustellen, und stand eine Stunde zu früh vor meinem Schreibtisch, von dem Ajna gerade das Kaffeehäferl und ein Wasserglas wegräumte. Seitdem kam ich zumindest einmal im Monat am Montag eine Stunde früher, um mit Ajna zu plaudern, und ich hatte das Gefühl, auch sie freute sich, wenn ich schon an meinem Schreibtisch saß und sie mich sah, während sie ihren Putzwagen in das Zimmer schob. Viel Zeit hatten wir nicht, sie musste ja rechtzeitig fertig werden, darum trottete ich ihr immer hintendrein wie ein Hund seinem Frauerl beim Gassigehen, stellte Fragen und hörte ihr zu, während sie die immer gleichen Tätigkeiten und Handbewegungen durchführte, die sie nur dann unterbrach, wenn sie über eine meiner Fragen länger nachdenken musste, bevor sie antwortete, und dabei die Uhr mit dem goldenen Armband zurückschüttelte, das über ihr Handgelenk gerutscht war. Zum Beispiel als ich sie, wie sie mir gerade die Geschichte erzählte, unterbrach und fragte: Was ist Inguschetien? Wie so oft lachte sie, als ich das fragte. Es war ein Lachen aus Höflichkeit. Ismael kam aus Inguschetien, hatte sie vorher zu mir gesagt. Genauso wie für Ajna nur Moskau die Welt gewesen war, ist für mich Russland nur die ehemalige UdSSR mit allen ihren späteren Teilrepubliken gewesen, wie die Nachrichtensprecherinnen im Fernsehen immer gesagt haben. Und Inguschetien war eine von diesen Teilrepubliken, von denen ich vorher noch nie etwas gehört hatte, genauso wie ich von Tschetschenien noch nie etwas gehört hatte, bis dort der Krieg ausgebrochen und die Flüchtlingswelle über uns hereingebrochen war, wie die Zeitungen geschrieben haben.

Ajna war bei der Schwester der Stiefmutter, die in Inguschetien lebte, zum Putzen gewesen. Ich fragte sie, warum sie von Tschetschenien nach Inguschetien zum Putzen fahren musste, das sei wohl ein etwas langer Anreiseweg zum Arbeitsplatz. Ajna lachte wieder. Natürlich sei sie nicht wirklich zum Putzen bei der Schwester der Stiefmutter in Inguschetien gewesen, das Putzen bei der Schwester der Stiefmutter in Inguschetien war nur ein Vorwand, damit der Sohn der Schwester der Stiefmutter sich Ajna anschauen und entscheiden konnte, ob sie ihm gefiel und ob sie als Frau für ihn infrage kommen würde. Trotzdem schaute sich die Schwester der Stiefmutter genau an, ob Ajna auch putzen konnte, versteht sich, Ordnung muss schließlich sein.

Sicher, er war vierzig, mehr als doppelt so alt wie ich mit meinen siebzehn Jahren damals, sagte sie, aber er hat mir gefallen. Ich habe ja auch nicht viel geredet mit ihm. Er ist am Küchentisch gesessen und hat mit einem anderen Mann den Kopf zusammengesteckt. Zu dem Zeitpunkt habe ich noch nicht gewusst, wer der Mann war, mit dem Ismael da den Kopf zusammengesteckt hat. Später habe ich ihn als unseren Taxifahrer wiedererkannt. Zwischendurch hat er kurz zur Seite und mich angeschaut. Hat gelächelt dabei und ich habe kurz zurückgelächelt, den Kopf aber gleich wieder weg und zur Kommode gedreht, die ich gerade mit einem Staubtuch abgewischt habe. Nach diesem Besuch ist es eigentlich eine ausgemachte Sache gewesen. Ich würde Ismaels Frau werden. Fertig. Yusuf hin oder her. Verliebtheit ist wie Schnupfen, wie meine Schwester gesagt hat, das geht früher oder später vorbei. Sieben Tage oder eine Woche so circa! Ismael hat außerdem eh ganz nett ausgeschaut, habe ich mir gedacht, und hübsch war er auch. 2003 haben wir geheiratet und meine Stiefmutter sagte: Ein Essen weniger, sagte Ajna und wischte mit einem Tuch den Bildschirm von dem Hundert-Zoll-Fernseher im Konferenzzimmer ab, auf dem ununterbrochen und abwechselnd die monatlichen Umsatzzahlen und die Mitarbeiter-KPIs abgebildet waren.

Dann hat es geheißen: Wir fahren nach Belgien. Und es muss außerdem alles schnell gehen, sagte sie. Der Taxifahrer hat gedrängt, das Auto sei auch schon ausgebucht, wenn wir also doch nicht wollten, er hätte genug bei der Hand, die wollten. Ismael sagte, dass wir wollen. Wir sollen keine Dokumente mitnehmen, auf denen persönliche Daten draufstehen, hat der Taxifahrer gesagt, sagte sie. Und nur das Nötigste zum Anziehen, weil, hat der Taxifahrer gesagt, bei der Ankunft im Westen würde einem das ganze Gewand verbrannt werden. Darum nahm ich nur das mit, was ich am Körper anziehen konnte. Natürlich haben wir uns gedacht, warum wird einem bei der Ankunft im Westen das Gewand verbrannt? Und ich habe mir gedacht, will ich überhaupt wo hin, wo einem bei der Ankunft das Gewand verbrannt wird? Was ist das für ein seltsamer Brauch im Westen, dass einem bei der Ankunft das Gewand verbrannt wird? Aus welchem Grund überhaupt? Aber es ist eben alles anders und neu in Europa, haben wir uns gedacht, auch die Bräuche. Deshalb haben wir nicht weiter nachgefragt und in unsere Rucksäcke nur Lebensmittel eingepackt: Fleisch und Fisch in Konservendosen und ein paar Würstel.

Der Taxifahrer ist in der Nacht gekommen, sagte Ajna. Es sind schon Leute im Auto gesessen. Ein

Ehepaar mit zwei Kindern. Sie haben freundliche Gesichter gehabt, ich kann mich aber nur mehr an die Namen der Kinder erinnern: Manzur und Milena. Manzur war noch ein Baby. Seine Mutter hat ihn in ein Tuch gewickelt und an ihre Brust gedrückt gehabt. Er hat wie ein Kokon aus Stoffwindeln ausgeschaut und sie hat ihn die ganze Zeit auf und ab gewippt, aber er hat keinen Mucks gemacht, die ganze Strecke durch die Ukraine nicht. Komisch, sagte Ajna und lehnte sich auf den massiven Tisch, an dem sonst mein Chef saß, an die Namen der Leute kann ich mich nicht mehr erinnern, aber das Datum, an dem uns der Taxifahrer mitten in der Nacht im Wald ausgesetzt hat, werde ich nie vergessen. Es war der 19. September. Auf einmal hat der Taxifahrer es eilig gehabt. Er drückte Ismael einen Kompass in die Hand, deutete mit dem ausgestreckten Arm die Richtung an, in die wir gehen sollten, schmiss unsere Rucksäcke aus seinem Kofferraum auf die Wiese, hüpfte in sein Auto und fuhr weg. Eine Zeit lang konnten wir noch die Rücklichter sehen, als auch die weg waren, ist es stockfinster gewesen. Auf der anderen Seite ist die Slowakei, hat er gesagt. Es ist nicht weit, hat er gesagt, wie wir noch im Auto gesessen sind. Dort war es warm und gemütlich. Jetzt war es kalt und feucht und ich habe es sofort bereut, nicht mit dem Taxifahrer gleich wieder zurückgefahren zu sein, sagte Ajna. Natürlich habe ich gleich gejammert und geschimpft, aber es hilft ja nichts, es geht sich nicht besser, wenn man jammert und schimpft, nicht wahr?, hat Ismael gesagt.

Der Wald ist anders, wenn man nicht zum Wandern, Spazieren oder Pilzesammeln in ihn hineingeht. Noch dazu in der Nacht. Die Nächte sind am schlimmsten. Vor allem wenn es regnet. Die Geräusche sind andere. Sie sind bedrohlicher, wenn man nichts um sich herum hat. Keine Wände, kein Dach. Wir haben uns auch gleich einmal verlaufen, weil der Kompass, den uns der Taxifahrer gegeben hat, nicht funktioniert hat. Irgendein Klumpert ist das gewesen! Nach der ersten Nacht hat das Baby Fieber gekriegt. Ich habe mich beim Tragen mit seiner Mutter abgewechselt. Das war angenehm, weil sein kleiner Körper wie eine heiße Wärmeflasche auf meiner Brust gelegen ist und ich schon ganz ausgefroren war. Drei Nächte waren wir im Wald. Die Konserven waren schnell aufgebraucht und die Würstel mussten wir wegschmeißen, weil sie schon gestunken haben, aber ich wollte sie nicht wegschmeißen, obwohl sie so gestunken haben, weil ich Angst gehabt habe, wir könnten damit Füchse anlocken oder Wölfe oder Bären oder sonstwelche Viecher. Kannst du dir das vorstellen?, sagte sie. Auf einmal hat man Angst vor Füchsen und Bären, nur weil man fünfzehn Meter neben einem ein knackendes Geräusch hört. Oder ein Pfeifen, ein Glucksen, ein Kratzen. Im Finstern hört sich irgendwie alles, was man hört, wie Schritte an, wie irgendwas Feindseliges, Hinterhältiges, ohne dass man genau sagen könnte, was daran feindselig oder hinterhältig ist. Es war doch der gleiche Regen, dem ich sonst so gerne zugehört habe, wenn ich zu Hause bei offenem Fenster im Bett gelegen bin und nicht schlafen konnte, habe ich mir eingeredet. Dutzende unterschiedliche Geräusche, die der Regen gemacht hat und die ich alle irgendwie mochte. Das Prasseln auf dem Blech, mit dem der Holzstoß abgedeckt war, das Plätschern, wenn das Wasser durch die Dachrinne in die Regentonne geronnen oder geschossen ist, die unterschiedlichen Aufpralltöne, je nach Stärke des Regengusses auf den Blättern und Ästen der Bäume, auf der Wiese oder dem verdichteten Erdboden im Hof, auf dem sich verschieden große Lachen gebildet haben und das Aufschlagen der Tropfen auf der Kapuze meines Regenmantels, wenn ich mit meinem Vater über den Hof zum Stall gelaufen bin und er meine kleine Hand fest in seiner großen gehalten hat. Was ich zu Hause irgendwie mochte, kann ich doch hier nicht überhaupt nicht mögen, habe ich mir eingeredet. Aber im Wald, mitten in der Nacht, irgendwo zwischen der Ukraine und der Slowakei, war der Regen nur kalt, ist er mir in die Augen und in den Mund geronnen, hat den Boden aufgeweicht, dass ich alle paar Meter fast ausgerutscht bin, und wenn ich doch einmal ausgerutscht bin, habe ich immer versucht, seitlich oder auf dem Rücken zu landen, um das Baby, das ich mit beiden Händen an meine Brust gedrückt habe, nicht zu zerquetschen. Die Mutter hat mich gebeten, Manzur zu tragen, weil sie damit beschäftigt war, ihre Tochter Milena zum Weitergehen zu motivieren. Wenn sie zwischendurch zu müde wurde und sich trotzig mit verschränkten Armen auf einen Baumstumpf setzte, lockten die Eltern sie mit dem Spiel, das alle Kinder mögen: Mit einer Hand hielt Milena die Hand der Mutter, mit der anderen die Hand des Vaters, und ließ sich von beiden nach vorne und hinauf schwingen. Weiter, bis zum Himmel!, sagte Milena und lachte. Dann ging sie wieder eine Zeit lang ohne Jammern weiter, bis das Spiel von vorne begann. In der dritten Nacht mussten wir die zwei mit Milena und dem Baby zurücklassen. Sie konnten nicht mehr weiter. Sie waren zu müde und erschöpft. Das Baby hustete wie ein Hafenarbeiter. Ich weiß noch, dass ich mir gedacht habe: Wie können aus so einem kleinen Körper derartig laute und tiefe Hustgeräusche kommen? Ich konnte es noch lange husten hören, wahrscheinlich weil es so finster war und ich mich auf das Husten konzentriert und, weil es ein vertrautes Geräusch geworden ist, ich mich deswegen weniger gefürchtet habe.

Wir gingen weiter hintereinander her. Keiner sagte was. Als es langsam hell wurde, kamen wir aus dem Wald heraus. Über den Hügeln hat sich eine asphaltierte Straße durch die Landschaft geschlängelt. Das war das Schönste, was ich je gesehen habe. Da habe ich nach Ismaels Hand gegriffen und fest zusammengedrückt, sagte sie.

Willst du eine rauchen gehen?, sagte ich.

Ich weiß nicht, sagte sie, ich muss noch die Klos …

Passt schon, sagte ich, war eh fast keiner da am Freitag. Homeoffice, weißt du.

Wir gingen auf die Terrasse raus. Das Büro lag im fünften Stock und hatte einen herrlichen Ausblick. Wenn es nicht zu diesig war, konnte man bis zum Schneeberg sehen. So wie heute auch.

Schau, sagte ich, dort drüben, der Schneeberg.

Ich zeigte mit der Hand, in der ich mein orangenes Kaffeehäferl mit dem Firmenlogo hielt, in Richtung Schneeberg.

Ich weiß, sagte sie, kenn ich.

Kennst du?, sagte ich.

Ja, da habe ich mal gewohnt. Mit Ismael.

Dort hast du gewohnt?

Sie zog an ihrer Zigarette und nickte.

In der Nähe. In Reichenau. Da war es das erste Mal schön. Wir hatten sogar ein eigenes Zimmer! Aber es hat noch eine Weile gedauert, bis wir dort hingekommen sind, sagte sie. Man geht durch viele Stationen, und wenn man glaubt, man ist bei der Endstation angekommen, ist es in Wahrheit nur ein kurzer Aufenthalt, und schon rollt man wieder weiter.

Weit sind wir nicht gekommen damals, sagte sie.

In der Slowakei?, sagte ich.

Sie nickte.

Die Straße war nass vom Regen und ich habe schon von Weitem das Auto kommen gehört. Wir haben uns aber beide nicht umgedreht, sondern sind, ohne links und rechts zu schauen, stur geradeaus gegangen. Sogar wie ich bemerkt habe, dass das Auto langsamer wird, habe ich so getan, als würde ich es nicht hören, dabei habe ich es ganz genau gehört, das Geräusch, das der Motor macht, wenn man die Gänge herunterschaltet, und das Schmatzen der Reifen auf der nassen Straße. Das Auto ist langsam an uns vorbeigefahren und circa hundert Meter vor uns neben dem Straßenrand stehen geblieben. Zwei Männer sind ausgestiegen und haben, mit vor dem Oberkörper verschränkten Armen und an das Heck vom Wagen gelehnt, auf uns gewartet. Zivilpolizei, hat Ismael geflüstert, obwohl außer mir sowieso keiner da war, der es hätte hören können, und die Männer zu weit weg von uns gewesen sind, als dass sie es hätten hören können. Aber das Flüstern in der Öffentlichkeit hat sich Ismael in Tschetschenien und Inguschetien angewöhnt. Als wir beim Auto waren, sind sie ein paar Schritte auf uns zugekommen, die Hände jetzt nicht mehr verschränkt, und haben auf uns eingeredet, wovon ich natürlich kein Wort verstanden habe. Sie waren eigentlich sehr nett, gar nicht einschüchternd. Nach ein paar Minuten haben sie uns trotzdem Handschellen angelegt und auf den Rücksitz ihres Autos gesetzt. Dort war es wunderbar warm, und ich bin sofort eingeschlafen.

Irgendwann sind wir stehen geblieben, es gab einen Ruck und ich war munter. Der Fahrer parkte sich vor einem Gebäude ein. Es war wohl die Polizeistation. Ein Haufen Leute standen oder saßen vor dem Eingang herum und lehnten sich gegen die Mauer, manche waren dabei eingenickt. Wir mussten aussteigen und in das Gebäude hineingehen. Dort war noch mehr los, so viele dunkle Leute! Afrikaner habe ich ja vorher nur im Film gesehen und ich bin mir auch selbst die längste Zeit wie in einem Film vorgekommen. Die Polizisten sind sehr nett gewesen, während sie uns unsere Fingerabdrücke abgenommen haben. Ein Beamter hat meinen Daumen vorsichtig zwischen seinen Daumen und den Zeigefinger genommen und ihn in das weiche Farbkissen gedrückt, was ich fast schon als zärtlich empfunden habe, wobei ich mir im selben Moment dachte, wann ich wohl das letzte Mal eine solche Zärtlichkeit gespürt habe, und mir dabei gleich mein Vater eingefallen ist und ich sofort wieder weinen musste, einerseits vor Trauer, keinen Vater mehr zu haben, andererseits wegen der Demütigung, eine bürokratische Daumenabdruckabnahme als Zärtlichkeit zu empfinden. Der Beamte hat natürlich geglaubt, ich weine wegen ihm und der Daumenabdruckabnahme im Allgemeinen und schaute ganz schuldbewusst drein, wobei er immer noch meinen Daumen zwischen seinen Fingern, die in Plastikhandschuhen steckten, festhielt. Ismael versuchte derweil, den anderen Beamten davon zu überzeugen, dass ich schon achtzehn Jahre alt war, obwohl ich erst siebzehn gewesen bin, er aber von anderen Flüchtlingen, die wieder nach Tschetschenien abgeschoben worden waren, wusste, dass wir getrennt werden würden, wenn die Beamten mein echtes Alter wüssten. Davon kapierte ich in dem Augenblick natürlich nichts, weil ich damals auch noch kein Wort Englisch verstand. Ismael dürfte überzeugend gewesen sein, weil wir wurden nicht getrennt. Nach ein paar Stunden, in denen wir auf der Polizeistation warten mussten, auf hölzernen, an die Wand geschraubten Klappsesseln, wie im Kino, kamen die Zivilbeamten, die uns vorher auf der Landstraße erwischt hatten, und nahmen uns wieder mit. Sie setzten uns auf die Rückbank des Autos, diesmal ohne Handschellen, und fuhren uns zum Bahnhof. Wir stiegen aus. Einer brachte uns zum Bahnsteig, der andere ging zum Schalter und kaufte zwei Tickets, die er uns dann in die Hand drückte. Das Ziel war das Aufnahmezentrum, wie mir Ismael später sagte, als wir im Abteil saßen, in dem die Heizung voll aufgedreht war, dass mir die Augen brannten. Ich sah noch die Beamten auf dem Bahnsteig stehen, die immer kleiner wurden, als der Zug langsam losgefahren ist. Es hat keiner gewunken, so wie sonst, wenn man bei einer Reise verabschiedet wird. Dann bin ich gleich wieder eingeschlafen. Seit wir unterwegs waren, ist mir aufgefallen, dass ich mir immer öfter gewünscht habe, einfach einzuschlafen. Dann war alles rund um mich ausgeschaltet, so wie man den Fernseher ausschaltet, wenn man die Nachrichten nicht mehr aushält. Denn Trick dürften mehrere Leute draufhaben, habe ich mir gedacht, weil mir aufgefallen ist, dass viele Flüchtlinge tagsüber an den unmöglichsten Plätzen schliefen, wie der Afrikaner in der Polizeistation, der an die Wand gelehnt und sein Gesicht in den Putz gedrückt geschlafen hatte. Und je länger die Leute in den Aufnahmezentren warten mussten, desto öfter und länger schliefen sie, bildete ich mir ein. Genauso schnell, wie ich einschlafen konnte, war ich aber auch wieder wach. Ich habe gelernt, mich aus- und einzuschalten. Eine gefühlte Veränderung der äußeren Stimmungslage, schon war ich munter. Was den innerlichen Wecker genau auslöste, kann ich nicht genau sagen. Auch nicht unmittelbar nachdem ich aufgewacht war, konnte ich es sagen, sagte sie.

Es musste so etwas Ähnliches sein wie bei den langen Urlaubsautofahrten mit den Eltern, als ich noch ein Kind war, dachte ich. Stundenlang ist man auf der Autobahn dahingefahren und hat geschlafen, bis der Vater langsamer wurde, weil er tanken musste. Und so vorsichtig und unauffällig er auch versuchte, das Auto abzubremsen, oder besser gesagt, ausrollen zu lassen, zu bremsen traute er sich gar nicht, weil er Angst hatte, uns Kinder aufzuwecken und den darauffolgenden Tumult so lange aushalten zu müssen, bis wir wieder eingeschlafen waren – es nützte nichts. Schon die geringste Änderung der Motordrehzahl reichte, und ich und meine Schwester wachten auf, fingen zu streiten, zu schreien und zu weinen an, worauf mein Vater immer sagte: Mit euch fahr ich noch einmal wo hin. Das hätte sich Ajna wohl auch gedacht, dachte ich, wenn sie die deutsche Sprache und die österreichische Mentalität gekannt oder gehabt hätte.

Von den Beamten im Aufnahmezentrum bekamen wir siebzig Kronen, sagte Ajna. Das ist die Monatsration, haben sie gesagt, sagte sie. Was uns egal war, weil wir sowieso nicht so lange dableiben wollten. Die Securities waren nett. Wir hatten nur bis fünf Uhr Ausgang. Ich kletterte dann oft über das zugesperrte Tor, um mir bei dem Geschäft auf der gegenüberliegenden Straßenseite eine Tafel Schokolade zu kaufen. Die Securities sagten zwar immer, dass das nicht erlaubt ist, sie lachten aber und schüttelten nur die Köpfe, wenn sie mich dabei erwischten. Ismael hatte inzwischen einen neuen Taxifahrer organisiert. Über einen Kollegen, der schon zum vierten Mal hier in dem Aufnahmezentrum gelandet war, nachdem sie ihn dreimal zurück nach Tschetschenien geschickt hatten. Er war schon ein Profi beim Flüchten und Wieder-abgeschoben-Werden. Die Beamten und die Securities kannten ihn schon beim Namen, und wenn sie ihm zusahen, wie er wieder mal über den Zaun kletterte und mit seinem kleinen Rucksack am Rücken zum Taxi rannte, das schon mit laufendem Motor und abgeschaltetem Licht ein paar Meter entfernt vor dem Aufnahmezentrum auf ihn wartete, riefen sie ihm nach: Bis bald Ali, ahoi! Das hat mich nicht gerade aufgemuntert, als mir Ismael die Geschichte erzählt und nebenbei erwähnt hat, dass unser Taxi morgen in der Früh kommen würde, das kannst du mir glauben. Wenn alles gut geht, hat er gesagt, was mir inzwischen schon wie eine Drohung vorgekommen ist, dieses *wenn alles gut geht*. Weil wenn schon was mit *wenn* anfängt, ist das *nicht* nicht weit! Vor allem das Wort *geht* hat mir Angst gemacht, weil wir wieder gehen müssen, wie Ismael gesagt hat: Übrigens, wir müssen wieder ein Stückchen gehen, hat er gesagt. Wieder gehen also, ein *Stückchen*, und wieder durch den Wald, und wieder in der Nacht, diesmal weiter nach Österreich, sagte Ajna und schlug dabei die Hände über den Kopf zusammen, wie meine Großmutter in ihrer Kleiderschürze, wenn ihr der Apfelstrudel verbrannt ist, dachte ich, wobei Ajna in einer Hand die Zigarette und in der anderen einen Fetzen hielt, in den die Zigarette mit der Glutspitze gleich ein Loch hineinbrannte.

Um vier Uhr in der Früh sind wir also aus unseren Unterkünften hinausgeschlichen, über das zugesperrte Tor geklettert und circa hundert Meter über die Wiese zu dem Weg gelaufen, wo das Taxi schon auf uns gewartet hat. Ich stieg hinten ein. Die Heizung war voll aufgedreht, die Trockenheit und das Flüstern zwischen Ismael und dem Taxifahrer, von dem ich wieder nichts verstand, weil sie auf Englisch redeten, hat mich sofort eingeschläfert. Ich weiß nicht mehr, wie lange wir gefahren sind, aber es wird wohl so eine Stunde gewesen sein, es war jedenfalls nicht sehr lange, weil ich, als ich aufgewacht bin, noch nicht so dringend aufs Klo musste. Diesmal wachte ich auf, weil wir plötzlich langsamer und hin und her geschaukelt wurden. Wir waren wieder auf einem Feldweg unterwegs. Es war der gleiche Ablauf wie vor Kurzem in der Ukraine, was mir in diesem Moment aber so vorkam, als wäre es eine Ewigkeit her, dabei waren es nur ein paar Tage gewesen. Nur diesmal hatte ich keine Angst mehr davor, durch den finsteren Wald gehen zu müssen oder erwischt zu werden oder dass man uns das Gewand verbrannte, was ja offensichtlich ein Märchen gewesen war, eine Lügengeschichte, damit die Leute nicht zu viel Gepäck anschleppten und dadurch Platz für weitere Zahler verbrauchten. Im Gegenteil, mit jedem Schritt, den ich in den feuchtkalten, morastigen Waldboden machen musste, bin ich zorniger geworden. Auf die Situation und vor allem auf Ismael, der mich ja erst in diese Situation gebracht hat. Was für eine Schnapsidee, habe ich die ganze Zeit zu mir selbst gesagt, sagte Ajna. Zuerst habe ich es nur vor mich her gemurmelt, dann etwas lauter, bis Ismael mich angefaucht hat, dass ich leiser reden soll, weshalb ich natürlich nur noch lauter geredet habe. Ich wollte nicht mehr weiter, keinen Schritt mehr! Absichtlich habe ich, zusätzlich zum Geschimpfe, gepfiffen und möglichst laute Geräusche gemacht, nur um erwischt zu werden. Wir müssten doch erwischt werden können!, habe ich mir gedacht, sagte Ajna, es muss doch einen Grenzschutz geben hier! Haben die im Westen keinen Grenzschutz oder was? Das gibt es ja nicht, da wird ja bei uns zu Hause jeder Hühnerstall besser bewacht, als die hier ihre Grenze bewachen! Und gerade, wie ich Ismael das mit dem Hühnerstall und der Grenze in den Rücken hineingesagt habe, den er schon zu einem Buckel gekrümmt gehabt hat, wahrscheinlich um sich weniger sichtbar zu machen – je lauter ich geredet habe, desto mehr hat er seinen Buckel gekrümmt und den Kopf in den Kragen gesteckt –, habe ich jemanden rufen gehört, wahrscheinlich keine fünfzig Meter von uns entfernt, und Lichtkegel von Taschenlampen gesehen, die auf uns gerichtet gewesen sind. Auf einmal habe ich es doch mit der Angst zu tun gekriegt und ich habe mir gedacht, hätte ich doch nicht so einen Wirbel gemacht, jetzt tut es mir leid, dass ich so einen Wirbel gemacht habe! Ismael hat nur *Scheiße* gesagt: Scheiße. Scheiße. Scheiße. Dann ist der Lichtkegel auch schon auf meinem Körper gewesen, zuerst auf meiner Hand, meinem Oberkörper, zum Schluss in meinem Gesicht, dass ich nichts mehr erkennen konnte, und in meiner Panik habe ich auf Deutsch geschrien: Hände hoch! Hitler kaputt! Russisch Schwein! Das sind die einzigen deutschen Worte gewesen, die ich gekannt habe und die wir Kinder beim Abfangen-Spielen immer gerufen haben, wenn wir von jemandem erwischt worden sind. Hände hoch! Hitler kaputt! Russisch Schwein!, haben wir gerufen und gelacht dabei, aber diesmal ist mir nicht zum Lachen gewesen, wie mir die Soldaten des österreichischen Bundesheers mit den Taschenlampen ins Gesicht geleuchtet haben und ich geschrien habe: Hände hoch! Hitler kaputt! Russisch Schwein! Jetzt habe ich geschluchzt beim Rufen dieser Worte, von denen ich überhaupt nicht gewusst habe, was sie bedeuten, aber heute muss ich lachen, wenn ich mir denke, was sich die Soldaten wohl gedacht haben müssen, als sie mitten in der Nacht in einem Wald einem siebzehnjährigen Mädchen mit den Taschenlampen ins Gesicht geleuchtet haben und die darauf geschrien hat: Hände hoch! Hitler kaputt! Russisch Schwein!

Und wie Ajna die Geschichte erzählte, lachte sie auch wirklich ihr freundliches, ansteckendes Lachen, weshalb ich auch gleich mitlachte mit ihr, während die Sonne jetzt schon ganz aufgegangen war und den Schneeberg anleuchtete, wie die Soldaten des österreichischen Bundesheers seinerzeit Ajnas Gesicht, dachte ich mir.

Die Fremdenpolizei hat uns nach Wien gebracht. Diesmal hat die Fahrt lange gedauert, was ich wieder daran gemerkt habe, weil ich dringend aufs Klo musste, nachdem ich aufgewacht bin, sagte Ajna. Sobald sie uns auf die Rückbank von dem Auto gesetzt haben, bin ich natürlich sofort wieder eingeschlafen. Wie so oft in letzter Zeit. Im Gebäude der Fremdenpolizei dann der gleiche Ablauf wie in der Slowakei: Fotos machen, Fingerabdrücke abnehmen, und, was sie in der Slowakei nicht gemacht haben, eine *Leibesvisitation*, wie man so schön sagt, was in Wirklichkeit aber gar nicht mal so schön ist, wenn der eigene Leib von einer völlig unbekannten Person mit Plastikhandschuhen besucht wird, sagte Ajna, schaute mir dabei nicht ins Gesicht und wischte mit ihrem von der Zigarette durchlöcherten Fetzen am Eisengeländer herum.

War schon grauslig, sagte sie. Aber, sagte sie, noch grausliger war das Liptauerbrot, das sie mir nachher zum Essen hingestellt haben! Diese orangene Leimpampe soll was zum Essen sein?, hab ich mir gedacht, sagte sie. Ist das die Methode der Fremdenpolizei, Leuten die Flucht aus ihren

Heimatländern zu verleiden? Wie sagen die Politiker heute? Genau! Pull-Faktor! Das Liptauerbrot ist bestimmt kein Pull-Faktor gewesen, ganz im Gegenteil, ein Anti-Pull-Faktor ist das Liptauerbrot, das ich auch nur deshalb hinuntergewürgt habe, weil ich schon so ausgehungert gewesen bin. Nach dem Liptauerbrot kann es nur mehr bergauf gehen, habe ich mir gedacht, was aber leider falsch gedacht war, wie sich kurz darauf herausgestellt hat. Da sind wir nämlich nach Traiskirchen überstellt worden. Das waren die längsten zwei Monate in meinem Leben, das kannst du mir glauben. Ich will gar nicht daran erinnert werden, das sag ich dir, frag mich nicht, sagte sie. Dreckiges Gewand, weil wir kein neues zum Wechseln gehabt haben, fleckige Matratzen ohne Leintücher, Kakerlaken, siebzehn Leute in einem Zimmer mit Stockbetten undsoweiter. Aber dann, sagte sie, sind wir dorthin verlegt worden, und zeigte in Richtung Schneeberg, darum kenne ich den Berg. Nur ein Stückerl weiter, nach Reichenau. Da waren wir auch nur kurz, dann haben sie uns in ein Asylantenheim nach Neudörfl im Burgenland geschickt. Dort haben wir sogar ein Zimmer mit Waschbecken und Dusche gehabt! Und vor der Tür eine schöne Gegend zum Spazierengehen und einen Gemeinschaftsraum zum Fernsehen. Nichts anderes habe ich gemacht als spazieren gehen und fernsehen in dieser Zeit. Und viel schlafen, das habe ich mir beibehalten. Raus aus dem Asylantenheim und hinein in den Schlaf. Es waren auch einige Tschetschenen dort untergebracht, die meisten von ihnen Männer. Denen hat es nicht so gefallen, dass ich alleine im Gemeinschaftsraum gesessen bin und ferngeschaut habe. Das gehört sich nicht, ist ihre Meinung gewesen. Direkt gesagt hat aber auch nie einer was zu mir, das gehört sich nämlich auch wieder nicht. Was sich nicht alles nicht gehört in den Augen der Männer, wenn man ein Mädchen ist, noch dazu in den Augen der tschetschenischen Männer, wenn man ein tschetschenisches Mädchen ist! Und was sich für ein tschetschenisches Mädchen nicht gehört, wird unter den tschetschenischen Männern ausgemacht. Lass sie ruhig auf die heiße Herdplatte greifen!, hat meine Stiefmutter zu meinem Vater immer gesagt, wenn der mich davon abgehalten hat, draufzugreifen. Damit sie sich ordentlich die Finger verbrennt dabei, hat sie gesagt, sonst lernt sie's ja nicht! Natürlich habe ich dann absichtlich immer wieder auf die heiße Herdplatte gegriffen, aus Prinzip, weil ich mir gedacht habe:

Manches muss man aushalten, wenn man sich durchsetzen will. So wie im Gemeinschaftsraum damals. Ich bin auf dem Sofa gesessen und habe mir einen Film angeschaut. Ein Mann ist gekommen, auch ein Tschetschene, hat sich neben mich hingesetzt, sofort die Fernbedienung genommen und umgeschaltet. Ohne ein Wort zu sagen! Ich meine, hallo, gehört sich so was vielleicht? Daraufhin habe ich die Fernbedienung genommen und wieder umgeschaltet. Dann wieder er undsoweiter, aber immer, ohne ein Wort zu sagen, was mich noch zorniger gemacht und angestachelt hat, weil was mich am meisten ärgert, ist, wenn man mich ignoriert. Das ist ein paarmal so hin und her gegangen. Irgendwann ist er aufgestanden und rüber zu dem Zimmer geschlurft, wo Ismael und ich gewohnt haben. Er hat viel zu große Badeschlapfen angehabt, bei denen ihm die halben Füße vorne herausgeschlüpft sind und die Zehen samt den zu langen Zehennägeln ganz schwarz gewesen sind deswegen. Kurz darauf ist er wieder herausgekommen und hat sich neben mich auf das Sofa gesetzt. Er hat die Fernbedienung genommen, mich angelächelt und umgeschaltet. Gerade wie ich zur Fernbedienung gegriffen habe, um wieder umzuschalten, hat Ismael aus unserem

Zimmer geschaut und mich zu sich gewunken. Ich bin rüber und rein gegangen. Er hat hinter mir die Tür zugemacht und gesagt, ich soll weiter ins Bad gehen. Er ist hinter mir nach und hat auch die Badtür zugemacht. Er hat geflüstert, wie er mit mir geredet hat, und mich dabei nicht angeschaut, sondern an mir vorbei in die Duschkabine hinein.

Das geht so nicht, hat er gesagt, das fällt auf mich zurück. Wenn du zu einem Mann frech bist, noch dazu zu einem Tschetschenen, heißt das, dass du keinen Respekt hast, vor allem, dass du keinen Respekt vor mir hast, du hast doch Respekt vor mir, oder?, hat er gesagt.

Natürlich, habe ich gesagt, aber …

Warum machst du dann solche Sachen, hat er gesagt, das gehört sich nicht.

Er war richtig traurig. Darum habe ich genickt, obwohl ich überhaupt nicht der Meinung gewesen bin, dass sich das nicht gehört, was ich gemacht habe, im Gegenteil, ich war der Meinung, dass sich nicht gehört, was der andere gemacht hat. Weil, warum haben die Männer immer recht?, sagte Ajna, oder?

Ich möchte das überhaupt nicht machen!, hat Ismael gesagt und mir den Kopf und die Wange gestreichelt. Aber was bleibt mir denn übrig, mhm? So ist das halt, kleine Tschetschena!, hat er gesagt.

Dann hat er sich von mir weggedreht und noch leiser gesprochen, deshalb habe ich nicht mehr verstanden, was er zum Schluss gesagt hat. Auf einmal hat er sich schnell zu mir umgedreht. Den Schlag habe ich gar nicht kommen sehen. Er war schnell, ich habe mich nicht rechtzeitig ducken oder wegdrehen können. Ismael hat die Faust zwar geballt gehabt, aber mich mit der Innenseite, mit dem Handballen geschlagen, wahrscheinlich, um die Verletzung möglichst gering zu halten. Es hat auch gar nicht wehgetan in dem Moment, erst später am Abend. Ein dumpfer, pochender Kopfschmerz. In dem Moment ist es nur finster geworden und ich habe Sterne gesehen, so wie in den Tom-und-Jerry-Zeichentrickfilmen, die ich mir im Gemeinschaftsraum so gerne angeschaut habe, wenn Tom wieder mal ein Bügeleisen auf den Kopf geknallt ist. Als ich zu mir gekommen bin, war Ismael weg. Ich habe mir die Haare gerichtet, mich zusammengerissen so gut ich konnte und bin wieder in den Gemeinschaftsraum hinausgegangen. Dort ist immer noch der Mann gesessen. Bevor ich mich hingesetzt habe, bin ich kurz vor ihm stehen geblieben, damit er mich anschauen musste. Ich habe ihn freundlich angelächelt, das Blut, das mir aus der Nase geronnen ist, habe ich mir absichtlich nicht weggewischt. Manches muss man aushalten, wenn man sich durchsetzen will, habe ich mir gedacht. Ich habe mich hingesetzt, die Fernbedienung vom Tisch genommen und wieder umgeschaltet. Darauf ist er aufgestanden, aus dem Gemeinschaftsraum rausgegangen und nicht wieder gekommen.

Nach ein paar Wochen sind wir wieder weitergezogen. Zuerst nach Linz, dann nach Eisenstadt und zum Schluss nach Rechnitz. Da bin ich schon schwanger gewesen und Ismael ist alleine nach Belgien weiter, weil er wollte eigentlich mit mir dahin und nicht in Österreich bleiben. Ich aber schon, in Rechnitz hat es sich zum ersten Mal wie daheim angefühlt. Wir sind dann auch geblieben, als Ismael aus Belgien zurückgekommen ist und das Baby auch schon da war. Wie gesagt, manches muss man aushalten, wenn man sich durchsetzen will, sagte sie, dämpfte ihre Zigarette aus und wir gingen zurück ins Büro hinein. Es hatte sich schon langsam gefüllt, die meisten Kollegen saßen aber freilich in der Kaffeeküche, beweinten den Montagmorgen, das – wie immer – viel zu kurze Wochenende und beneideten Ajna, weil sie mit der Arbeit schon fertig war und nach Hause gehen konnte.

Das ist der Neid, dass es andere womöglich leichter haben könnten als man selbst, sagte ich.

Das kenne ich, sagte Ajna, ich war später auch neidisch auf diejenigen, die es bei der Flucht leichter gehabt haben als Ismael und ich. Die weniger Strapazen hinter sich gehabt haben, weil sie besser organisiert gewesen sind als wir damals. Oder die besseren Möglichkeiten und mehr Hilfe bekommen haben als wir. Der holt mich öfter ein, dieser Neid, und der Zweifel, ob sich das alles ausgezahlt hat. Ob ich nicht besser bei Yusuf bleiben hätte sollen, denke ich mir oft, wenn ich im Internet Fotos von ihm, seiner Frau und seinen Kindern sehe, wie sie mich glücklich aus dem Handy heraus anschauen, aber womöglich sind sie auch nur scheinbar glücklich, denke ich mir dann, vielleicht ist es nur ein Familienfotoglück, wie es bei so vielen Familien der Fall ist, eine Schnappschusszufriedenheit, nicht wahr? Dann frage ich mich, ob ich ihn nicht anschreiben soll, lasse es dann aber doch wieder bleiben, weil was soll ich denn schreiben nach all den Jahren?

Ich hielt ihr die Tür auf, damit sie ihren Putzwagen rausschieben konnte.

Ob ich Flüchtling gewesen bin, hast du gefragt, sagte Ajna, oder? Ich weiß nicht, ob ich einer gewesen bin oder ob ich gar noch immer einer bin, sagte sie, und drückte auf den Knopf, um den Lift zu holen.

Das Gewand haben sie mir nicht verbrannt damals, aber die Träume schon ein wenig, sagte sie, lachte, winkte mir zu und verschwand mit ihrem Putzwagen im Aufzug.

Sonnenfinsternis

Obwohl ich fast zehn Jahre in dem Betrieb gearbeitet hatte, kann ich mich eigentlich nur an diesen einen Tag im Sommer 1999 erinnern, alle anderen Arbeitstage dieser fast zehn Jahre hatten sich als Erinnerungskonvolut wie eine Schneekugel unübersichtlich zusammengequetscht. Der Tag, an den ich mich vermutlich genau erinnere, war der 11. August, ein Mittwoch. An diesem Tag konnte man, wenn man wollte, in Mitteleuropa eine totale Sonnenfinsternis miterleben. Schon wochenlang vor dem Ereignis füllten die Tageszeitungen und die Nachrichtensendungen ihre Sommerlöcher mit dem bevorstehenden Jahrhundert- oder sogar Jahrtausendereignis, wie die Zeitungen schrieben. Ein einmaliges Ereignis für die Zeitgenossen!, schrieben sie, die nächste totale Sonnenfinsternis, bei der der Kernschatten der Sonne über Deutschland, Österreich und die Schweiz hinwegzieht, wird am 3. September 2081 stattfinden.

Deshalb wurde in allen Zeitungen und Fernsehkanälen geraten, dieses Ereignis *unter keinen Um-*

ständen versäumen zu dürfen und *auf alle Fälle* dabei sein zu müssen. Auch von der Geschäftsführung wurde eine Woche vor dem Ereignis ein Hinweis auf das Schwarze Brett geklemmt, mit der Überschrift *Betreff: Sonnenfinsternis nächste Woche.* Darunter im Text wurden alle Mitarbeiter und Mitarbeiterinnen aufgefordert, sich am besagten Tag auf dem Parkplatz vor dem Betrieb zu versammeln, um dem seltenen Ereignis gemeinsam beizuwohnen, wie die Sekretärin der Geschäftsführung übertrieben poetisch, wie ich meinte, geschrieben hatte. Außerdem wurde darauf hingewiesen, nicht ohne Augenschutz dem Spektakel beizuwohnen – tatsächlich verwendete die Sekretärin gleich im nächsten Satz wieder das Wort *beizuwohnen*, es schien ihr sehr gefallen zu haben –, um keine Augenschäden davonzutragen. Nicht auf den Augenschutz zu vergessen, darüber wurde auch schon Tage davor in den Zeitungen und Nachrichtensendungen im Radio und Fernsehen unermüdlich berichtet, damit das gleißende Licht der Sonne nicht das eigene Licht der Augen auslöschen würde, konkret das Licht der Corona, wie der übrig gebliebene Ring der Sonne genannt wird, nachdem sich der Mond völlig vor sie geschoben hat. Als Beilage von Tageszeitungen wurden schon eine Woche vorher Pappendeckel-Sonnenbrillen mit extra verdunkelten Plastikgläsern an die Bevölkerung verschenkt, die noch tagelang nach der Sonnenfinsternis die Mistkübel verstopften. Auch ich habe mir vorher aus der Trafik eine dieser Brillen geholt, nachdem meine Mutter in einem Telefonat auf mich eingeredet hatte, nur ja nicht auf die spezielle Sonnenfinsternisbrille, wie sie gesagt hat, zu vergessen. Und nicht nur nicht zu vergessen, sie zu besorgen, sondern vor allem nicht zu vergessen sie aufzusetzen beim Sonnenfinsternis-Schauen, sie kenne mich nämlich nur zu gut, mich und meine Vergesslichkeit, sagte sie.

Eine halbe Stunde vor der veranschlagten Zeit der Sonnenfinsternis kamen die ersten Leute auf den Parkplatz, um sich einen passenden Platz für das Naturereignis zu suchen. Bald schon hatten sich kleine, den Abteilungen in der Firma entsprechende Grüppchen gebildet. Es hat sich seit den Grüppchenbildungen auf dem Schulhof also nichts geändert, dachte ich, während ich von meiner Abteilung aus, die das Fenster in Richtung Parkplatz hatte, mit meinem Kollegen die langsame Grüppchenbildung beobachtete. Wann hat man schon die Möglichkeit, alle Mitarbeiterinnen und Mitarbeiter eines Betriebs auf einmal auf einem Platz versammelt zu sehen? Außer bei einem Feueralarm vielleicht. Da sieht man erst, wie viele Personen in dem Gebäude Platz haben, dachte ich und sagte es auch meinem Kollegen, der sich, nachdem er kurz einen Blick hinausgeworfen hatte, aber schon wieder zu seinem Platz gesetzt und die den Waren beigelegte Begleitkarte mit den die Waren beschreibenden Merkmalen kontrolliert und abgestempelt hatte. Nichts war ihm wichtiger als die korrekt ausgefüllten, den Waren beigelegten Begleitkarten, schon gar nicht eine Sonnenfinsternis.

Die Sonne geht jeden Tag unter, sagte er immer, seit das Thema Sonnenfinsternis in fast allen Gesprächen mit den Kollegen von ihnen angesprochen wurde.

Sollten wir nicht langsam?, sagte ich zu ihm, als es schon halb eins und der Parkplatz schon gut gefüllt war. Um dreiviertel soll es losgehen, sagte ich.

Die Sonne geht jeden Tag unter, sagte er, stempelte eine Begleitkarte ab, legte sie zurück in die Transportkiste und die Transportkiste stellte er auf den Transportwagen, der vor unserer Labortür auf dem Gang stand, von wo er von den Lagermitarbeitern für die Verpackung und den Versand abgeholt wurde. Ich wartete noch ein paar Minuten. Als er keine Anstalten machte, mitkommen zu wollen, ging ich alleine raus.

Okay, sagte ich vorher zu ihm, ich geh dann mal.

Er nickte und kontrollierte weiter seine Begleitkarten auf etwaige Fehler, schlichtete die fehlerhaften auf einen Stapel und die von ihm für in Ordnung befundeten auf einen anderen.

Als ich auf die Rampe rauskam, schauten schon alle in den Himmel, weil der Mond angefangen hatte, sich über den Rand der Sonne zu schieben. Mit freiem Auge merkte man noch nichts, mit der Sonnenfinsternisbrille hätte ich es bestimmt schön beobachten können, so wie alle anderen hier, die ist aber natürlich in der Früh im Vorraum meiner Wohnung auf dem Schuhkasten liegen geblieben, so wie es mir meine Mutter am Telefon prophezeit hatte. Also schaute ich als Einziger nicht in den Himmel, sondern den anderen zu, wie sie in den Himmel schauten. In ihren Grüppchen aneinandergerückt mit Sicherheitsabstand zum nächsten Grüppchen standen sie aufgereiht und schauten in den Himmel, so, als hätten die Türen und Wände, die im Gebäude die Abteilungen voneinander trennten, auch hier auf dem Parkplatz ihre Gültigkeit, was natürlich gestimmt hat. In der Reihenfolge des Produktlaufs, von der mechanischen und elektronischen Fertigung über die Qualitätsprüfung, in der ich arbeitete, das Lager und den Versand, den Empfang, die Auftragsbearbeitung, die Buchhaltung, den Vertrieb, bis zur technischen und Geschäftsleitung war die gesamte Belegschaft gespiegelt ohne Wände auf dem Parkplatz arrangiert. Ein Organigramm der Firma aus Fleisch und Blut konnte ich von der Rampe aus sehen, ein alltägliches Buden-Panoptikum, das man allerdings so auf einen Blick nicht oft zu sehen bekommt. Auf einmal dämmerte es. Das ist aber schnell gegangen, dachte ich noch, und dass ich die Dämmerung, obwohl ich sie schon so oft erlebt, noch nie so intensiv bemerkt habe wie jetzt. Natürlich, sonst wartet man ja nicht auf die Dämmerung oder achtet auf die Veränderungen in der Umwelt, wenn sie dann kommt. Außerdem war es jetzt eine Dämmerung in Zeitraffer. Von einer Minute auf die andere wurde es düster, es frischte auf, die Vögel stellten das Zwitschern ein, die Kollegen hörten auf, miteinander zu reden, die Laternen auf dem Firmenparkplatz wurden von den Dämmerungsschaltern eingeschaltet, das Licht der Quecksilberdampflampen leuchtete schwach und wurde nur langsam heller. Entrisch, hätte meine Mutter die Stimmung beschrieben. Ich setzte mich auf die Rampe und schaute mir die Kollegen an. Das größte Grüppchen war ganz rechts, am Ende vom Parkplatz, es war das der Fertigung und wiederum in zwei Grüppchen aufgeteilt: in Frauen und Männer. Die Männer haben Blaumänner und die Frauen blaue Arbeitskittel angehabt. Die Männer hielten sich die massiven Schweißschutzschirme, die sie für die größeren Schweißarbeiten benutzten, vor das Gesicht und die Frauen kleine Schutzscheiben, die sie für kleine Punktschweißungen als Augenschutz verwendeten. Obwohl ich die wenigsten persönlich kannte, wusste ich ihre Namen und Unterschriften von den Begleitkarten, die sie unterschreiben mussten, in- und auswendig und es fielen mir auf einmal erstaunlich viele Geschichten über die Leute ein, die von ihnen untereinander über den jeweils nicht anwesenden anderen erzählt wurden. Über den dicken Welsbach zum Beispiel, der von allen nur Weißbach genannt wurde, weil er einen weißen Vollbart und weiße Haare hatte, obwohl er erst neunundzwanzig Jahre alt war. Er schaute aus wie der Weihnachtsmann in Schlossermontur. Die bodenscheuen Beine seiner Latzhose waren immer über die Schienbeine hinaufgerutscht und in der

Tasche des sich über seine Wampe spannenden Latzes steckten Bleistifte und Kugelschreiber. Der Grund seiner weißen Kopf- und Gesichtsbehaarung war ein schwerer Autounfall, nach dem sie schlagartig die Pigmente verloren hatte. Das Wichtigste für ihn war, dass andere seine Wichtigkeit erkannten und anerkannten. Bei meinem Probemonat in der Firma, in dem ich alle Abteilungen durchmachen musste, anscheinend als Mutprobe, erklärte er mir mehrmals täglich, dass, wenn der technische Leiter nicht im Hause war, der Produktionsleiter aus Gründen ebenso, genauso wie der Vorarbeiter und die Dame von der Arbeitsvorbereitung, dann hätte ER das Sagen hier, sagte er, aber so leise, dass es die anderen nicht hören konnten, und wenn es doch einmal jemand zufällig hörte, er laut ausgelacht wurde von dem- oder derjenigen, worauf er sofort das Thema wechselte, und das war: Wasserparks. Irgendwie schaffte er es immer, von jedem beliebigen Thema ab- und zum Thema Wasserparks hinzulenken. Wasserparks sind die Leidenschaft von ihm und seiner Frau gewesen. Jeden Feiertag, jedes verlängerte Wochenende und jeden Urlaub verbrachten die beiden in Wasserparks. Seinen Lebenstraum erfüllte er sich mit einer dreiwöchigen Reise nach Florida, während der er so viele Wasserparks wie möglich besucht und deshalb schon Monate davor einen Zeit- und Routenplan erstellt hatte. Schon griff er in die unterste Lade seiner Werkbank und holte ein Fotoalbum heraus, auf dessen Einband ein Foto eines Orcas abgebildet war, in das statt dem Kopf des Orcas der weißhaarige Kopf vom Welsbach hineinmontiert worden war, vermutlich von seiner Frau, die ihm das Fotoalbum zum Geburtstag und zur Erinnerung geschenkt hatte. Er hielt es mir vor die Nase, dabei wissend nickend, gleichzeitig mit einem leicht debilen Grinsen im Gesicht, was überhaupt nicht zusammenpasste. Im nächsten Moment war ich gezwungen, mir Dutzende Fotos von dem fast immer gleichen Inhalt anzusehen: Weißbach vor einer Wasserrutsche oder einer anderen nassen Attraktion, alleine oder mit seiner Frau, manchmal ohne, aber meistens mit einem riesigen Hamburger in den Händen, in den er, auffällig unauffällig für das Foto gestellt, grinsend hineinbiss. Nie mehr nachher habe ich jemanden kennengelernt, der es geschafft hat, in eine Jause derart grinsend hineinzubeißen. Später, so hat man mir erzählt, wurde er zum Betriebsrat gewählt und somit seine Wichtigkeit endlich anerkannt.

Neben Welsbach – vulgo Weißbach – saßen, auf von ihnen selbst mitgebrachten Campingsesseln, der Klamotte und der Feiner. Der Klamotte war in der Firma der Mann fürs Feine und der Feiner der Mann fürs Grobe, weshalb er auch von allen statt Feiner Grober genannt wurde, weil, wie in den meisten Betrieben üblich, auch hier kein Kalauer für einen Spitznamen eines Kollegen ausgelassen und so lange verwendet wurde, bis den echten Namen des Kollegen niemand mehr kannte. Wie der Klamotte wirklich geheißen hat, weiß ich deshalb auch nicht mehr, weil er irgendwann für jeden nur mehr als Klamotte existierte. Sein Körper sah aus wie eine schlampig ausgestopfte Vogelscheuche, er hatte den abgehackten Gang einer Marionette und die Hände eines Rheumatikers. Außerdem war er ein Hüne, der sich aber wegen seiner Hünenhaftigkeit genierte und sich deswegen kleiner machen wollte, indem er die Schultern und den Kopf hängen ließ und einen Buckel machte. Von hinten sah er aus wie geköpft. Ganz im Gegensatz zum Feiner, der nur circa eins sechzig groß war und sich immer größer machen wollte, indem er beim Gehen auf seinen Fußballen nach oben wippte. Stoisch saß der Klamotte stundenlang ohne Pause an seiner Werkbank über eine Vorrichtung gebückt, um mit den dicken Fingern seiner rheumatischen Hände die dünnen

Anschlussdrähte von Platinchips mit den Drähten von diversen Anschlussleitungen zusammenzukrimpen, während der Feiner den ganzen Tag ununterbrochen seine sogenannten Winkeligen zusammenschraubte, was im Grunde zwei mit einer Winkelverschraubung verbundene Zwei-Zoll-Rohre waren. Jahrelang machte der Klamotte nichts anderes, als die feinen Drähtchen zu verkrimpen, und der Feiner nichts anderes, als seine geliebten Winkeligen zusammenzuschrauben. Bekannt waren die beiden bei den Kollegen aber wegen etwas anderem. Der Feiner wegen eines Auftritts bei einer vor Jahren veranstalteten Weihnachtsfeier, über den jeder neu eingestellte Kollege als Erstes informiert wurde, wenn die Rede gerade vom Feiner war. Die Vorstellung Feiners wurde anhand dieses Auftritts bei der Weihnachtsfeier durchgeführt, das Onboarding, wie es heutzutage in der Sprache der Personalmanager heißt, als Employee Branding quasi, damit der Neuankömmling gleich im Vorhinein wusste, wo er gelandet war. Bei dieser Weihnachtsfeier war der Feiner nach stundenlangem Schnapskonsum an der Bar kollabiert und von der von der Geschäftsführung gerufenen Rettung nach Hause transportiert worden, was jetzt nichts Außergewöhnliches war, sondern bei Firmenweihnachtsfeiern wohl öfters vorkommt. Eher ungewöhnlich war es aber, als er nach circa zwei Stunden plötzlich wieder wie der Geist einer Alkoholleiche an der Bar gestanden ist, so, als wäre nichts gewesen, mehrere Schnäpse bestellt und immer wieder jedem Kollegen, der ihm untergekommen ist, erzählt hat: Die Arschlöcher haben mich abtransportiert! Die Arschlöcher haben mich abtransportiert! Diese Scheiß-Rot-Kreuzler! Diese Rettungs-Nazis! In seinen Haaren steckten abgebrochene Äste und Blätter von Büschen, durch die er, auf der Suche nach einem Taxi, gekrochen war, und sein Gesicht war von den Ästen und Dornen zerkratzt worden. An der Krawatte, die locker und schief an seinem Kragen baumelte, klebten Kotze und Reste einer Serviette, mit der er erfolglos versucht hatte, die Bröckchen wegzuwischen. Er war an dem Abend der Letzte, der ging, beziehungsweise gehen musste, oder besser gesagt von der Belegschaft des Restaurants hinausgeschmissen wurde. Feiner starb kurz vor seiner Pensionierung, bis zu der er täglich seine geliebten Winkeligen zusammengebaut hatte, konsequenterweise an Bauchspeicheldrüsenkrebs. Die Episode wurde auch nach seinem Tod noch neuen Kollegen weitererzählt, mit seinem frühzeitigen

Tod als zusätzlichem Plot, und von denen wiederum den Nachfolgenden, undsoweiter.

Der Klamotte war bekannt als fleißigster Liebhaber in dem Gemeindebau, in dem er wohnte, was für jeden, der ihn nur flüchtig aus der Firma kannte, eigentlich unvorstellbar war. Aufgedeckt wurde das Geheimnis des Klamotte von einer ehemaligen Arbeitskollegin, Gerti hieß sie, glaube ich, die im selben Bau gewohnt hatte wie er und kettenrauchend von ihrem Küchenfenster beobachtete, wie sich die Damen Klamottes Klinke in die Hand drückten, wie man so schön sagt. Sie war die Einzige, die ihn Klapperschlange nannte statt Klamotte, aber nicht, wie manche glaubten, als Anspielung auf die Größe von Klamottes Gemächt, sondern, wie sie in einer Universum-Dokumentation im Fernsehen einmal gelernt und im Jausenraum den Kolleginnen erzählt hatte, wegen der Dauer des Paarungsaktes, der bei einer Klapperschlange mehrere Stunden dauern konnte. Das konnten sich die Kolleginnen wieder gut vorstellen, waren doch die Langsamkeit, die Bedächtigkeit in seinen Bewegungen und seiner Mimik, die Zurückgenommenheit, wie er zum Beispiel wie in Zeitlupe in eine Leberkässemmel biss, das leise, bis auf das Notwendigste reduzierte Reden, die Grundeigenschaften, aus denen der Klamotte gebaut war. Einen wie ein Kaninchen hektisch rammelnden Klamotte konnte sich keiner vorstellen, einen schildkrötenhaften, stundenlang auf einem Weibchen vor und zurück wippenden dagegen schon. Mehr Marathon als Sprint also. Gerti, die Aufdeckerin von Klamottes unerwartetem Sexleben, wiederum war eines von vielen Beischlafopfern des Giovanni, der eigentlich Günther hieß und vor dem keine Kollegin und kein Kollege sicher war. Also vor seinen sexuellen Anspielungen, Schlüpfrigkeiten, Zoten, Begrapschungen und Fummeleien. Auch in dem Moment, auf dem Parkplatz, wo alle ihre Gesichter in die sich langsam verdunkelnde Sonne hielten, gaffte er ungeniert in den Ausschnitt des Lehrmädchens Dragana, leckte sich mit der Zunge über die Oberlippe und zog gelegentlich an seiner Zigarette. Auch Dragana sollte für Giovanni einmal während der fünfzehnminütigen Vormittagspause in der Kabine der Gemeinschaftstoilette *(Nur für die große Seite!,* stand auf dem Zettel an der Tür) die Gabel machen, wie Weißbach später erzählt hat, der nicht wie die anderen im Jausenraum sein Neun-Uhr-Weckerl gegessen hatte, sondern wie immer in Ruhe in der Kabine daneben nach dem Kaffee seinen Neun-Uhr-Schiss abhalten wollte.

Sie war nicht die Erste gewesen, und wie er es immer wieder geschafft hat, die Frauen jeden Alters, wie die Hexe Hänsel und Gretel in das Knusperhäuschen, in die Kabine der Gemeinschaftstoilette zu locken, war allen ein Rätsel, selbst den Frauen, die sich hineinlocken haben lassen, war es danach ein Rätsel gewesen, wie um Himmels willen sie sich von Giovanni überreden haben lassen, mit hineinzugehen, wie sie sagten. Irgendetwas unter der normalen Wahrnehmungsschwelle muss Giovanni ausgestrahlt haben, etwas im Unbewussten der Frauen Auslösendes, das sie zusammen mit ihm in die Kabine der Gemeinschaftstoilette gehen und für ihn die Gabel machen ließ. Ich vermute, es war seine spitzbübische und charmante, bei den Frauen im richtigen Maß mitleiderweckende Art, die ihn von den üblichen Beischlafbettlern unterschied. Von Gerti war Giovanni beeindruckt, weniger von ihren Beischlafqualitäten, sondern von ihrer pragmatischen Verführungsmethode. Hatte sie sich nämlich, laut Giovanni, selbst ein Beischlafkleid und, darunter, eine Beischlafkombinesch genäht gehabt. Der Unterschied zwischen einem normalen Kleid und einer normalen Kombinesch war der, dass beide Kleidungsstücke so gefinkelt zusammengenäht gewesen waren, dass Gerti sie mit nur zwei beiläufigen Handgriffen, eigentlich waren es nur kurze Bewegungen mit den Fingern, öffnen konnte, weshalb sie innerhalb von Sekunden nackt war.

Nur kurz habe ich mich umgedreht!, sagte Giovanni, um zu überprüfen, ob die Kabinentür auch abgesperrt ist, und wie ich den Kopf wieder zur Gerti gedreht habe, ist die auch schon nackt gewesen und hat mir ihren Biber hingehalten!, eine Zauberkünstlerin!, sagte er damals oft, vor allem in der ersten Zeit, nachdem sie an einem Tumor in der Lunge, der bei einer Routineuntersuchung gefunden worden war, gestorben war. Gestreut hat er schon, der Krebs, sagte Giovanni immer als Abschluss zur Kombinesch-Geschichte, gestreut hat er schon! Gestreut war landläufig so gut wie gestorben. Hat man zu jemanden gesagt: Er hat gestreut, oder, er hat schon gestreut gehabt, hat man als Antwort meist nur einen wissenden Blick mit einer gleichzeitigen abwinkenden Handbewegung bekommen, weil das ein allgemeingültiges Todesurteil war. Dann hat Giovanni noch gesagt, dass die Gerti zwar hässlich gewesen ist, ihm aber die Hässlichen im Bett sowieso lieber seien, weil die bemühten sich viel mehr als die Gutaussehenden. Mein Kollege im Qualitätswesen war schwer verliebt in die Gerti gewesen und war nach dem Vorfall mit Giovanni und ihr in der Kabine der Gemeinschaftstoilette geknickt und noch einsilbiger geworden und steckte seine übrig gebliebene Restliebe in den Tuning-Umbau seines Honda Prelude und Hausbauprojekte von Freunden und Verwandten, auf deren Baustellen er sämtliche Wochenenden, Feier- und Urlaubstage verbrachte. Die einzigen Feste, die er noch feierte, waren Richtfeste, und nach Gertis Tod war er doch wieder irgendwie versöhnt, vor allem, weil sie jetzt keiner mehr haben konnte, nicht einmal mehr der Giovanni. Giovanni hat Gerti genommen, weil er wusste, dass er sie haben kann, obwohl er sie gar nicht wollte, vor allem aber hat er sie genommen, weil mein Kollege sie nie würde haben können, sosehr er es auch wollte. Das hat Giovanni am meisten aufgegeilt. Günther aka Giovanni hatte als Kind und Jugendlicher einen weiteren Spitznamen: »Osram«, angelehnt an die Glühbirnenmarke, weil er ein dickes Kind und ein noch dickerer Jugendlicher war, ein *Ausgefressener,* wie ihn die Mädchen nannten, die er so gerne haben wollte, aber nicht einmal ignoriert worden ist von ihnen, wie er immer sagte, und sich deshalb geschworen hatte, einmal alle, die er kriegen konnte, zu nehmen und nachher nicht einmal zu ignorieren.

Mit ein paar Metern Abstand zu den Schlossern in den Blaumännern und den Frauen in den Kitteln standen die Techniker aus der Elektronikabteilung in ihren weißen Mänteln, die von den Arbeitern meistens nur als Spannungsabfall bezeichnet wurden, manchmal auch als Funkentischler, -zutzler, oder -klescher und von ihnen die Schlosser wiederum als Schweißprimaten, Schmierölsardinen oder Ähnliches. In der Firma trennte die Abteilungen eine blaue Tür, die auch eine soziale Trennung darstellte, was von beiden Seiten der blauen Tür durchaus gewollt war. Die einen redeten von den anderen nur über »die hinter der blauen Tür« und die einen über die anderen nur über »die vor der blauen Tür«. Abteilungsleiter der Elektroniker war der Reindl: lange, auftoupierte Haare, dicker Goldschmuck um den Hals und an den Handgelenken und unter dem weißen Mantel meist ein ärmelloses Shirt – einen Wifebeater oder Hausmeister-Smoking, wie er es nannte – Bermudashorts und Birkenstock-Schlapfen. Er fuhr eine rote Alfa Romeo Giulietta, die bei Regen nicht gerne ansprang, war Kettenraucher, trank, bevor er ins Büro kam und sich den ersten Kaffee herunterließ, in der Früh ein sogenanntes Baucherl, eine Mischung aus Weinbrand und Cola, in einer der Firma angrenzenden

Kantine, die schon um fünf Uhr in der Früh für die Schichtarbeiter aufsperrte, und versuchte, so viel wie möglich in Schüttelreimen und Kalauern zu reden. Seine Finger- und Zehennägel waren bunt lackiert, der Nagel des rechten Zeigefingers war immer lang und am linken Ringzeh trug er freilich einen Goldring, der zu jeder Jahreszeit sichtbar war, weil seine Füße sockenlos in seinen bereits erwähnten und berufsbedingt antistatischen Schlapfen steckten, zur Vermeidung der Zerstörung von Chips und Platinen durch elektrostatische Aufladung. Bei Serviceeinsätzen wurde von den Kunden immer nur er angefordert, und selbst in den rustikalsten Fleischereibetrieben, Stahlwerken und Maschinenbauproduktionen wurde jemals ein schlechtes Wort über sein Aussehen und Auftreten verloren. Wenn die Fertigung stillsteht und minütlich Kohle verbrannt wird, weil sie stillsteht, ist keine Zeit für Schwulen- oder Transsexuellen-Hass. Fertigungsstillstände fördern die Toleranz absolut. Dabei ist der Reindl überhaupt nicht schwul oder trans gewesen. Er war alleinstehend, obwohl er eigentlich sitzen gelassen worden ist, wie er beispielsweise immer sagte, und zwar von seiner geliebten Tutteltaube, wie er seine Ex nannte. Er wohnte demnach alleine in seinem Knusperhäuschen am Stadtrand, ein Schrebergartenschachtelhaus, das er von seiner Oma geerbt hatte, fünfzig Quadratmeter behördlich vorgeschriebene Grundfläche, zusätzlich ein Keller, der mit Computern und Monitoren vollgerammelt war, vor denen er, in einem riesigen Ohrensessel sitzend, seine Freizeit mit zocken verplemperte oder stundenlang Fernsehsender aus dem Nahen und Fernen Osten anschaute, obwohl er kein Wort verstand, und die er über verschiedene Satelliten empfing, die an der Fassade seines Knusperhäuschens montiert waren. Die Mullahs konnte er an der Länge, der Farbe und der unterschiedlichen Struppigkeit ihrer Bärte unterscheiden, wie er sagte. Dazwischen bestellte er sich einmal im Quartal von dem nächstgelegenen Puff auf der Wiener Triesterstraße mindestens zwei abgewirtschaftete Lavoir-Huren, wie er sie nannte. Aber nicht weil ihre Ösen aus beruflichen Gründen auf Lavoir-Größe gedehnt waren, wie er sagte – an Geschlechtsverkehr war er nämlich überhaupt nicht interessiert –, sondern weil er sie sich in seine Sitzbadewanne quetschen ließ, die nicht größer war als das Lavoir, in dem er von seiner Mutter als Kind immer gebadet und der Rücken mit einem rauen Schwamm blutig geschrubbt wurde. Dort tranken sie gemeinsam mehrere Flaschen Asti Cinzano Spumante, und zwar ausschließlich aus den ausgelatschten, zusätzlich zum Asti Cinzano Spumante mit Blut und Schweiß getränkten Pumps der Damen und so lange, bis sein Kreditkartenlimit erreicht war. Es heißt, er wohnt noch immer in seinem Knusperhäuschen, sitzt aber aufgrund einer Diabeteserkrankung im Rollstuhl, nachdem ihm ein Bein amputiert worden war, weswegen er sich wöchentlich in der Augen- und Netzhautambulanz im nächstgelegenen Krankenhaus Hietzing Injektionen in die Augäpfel stechen lassen muss, um nicht zu erblinden. Die bekannteste Geschichte, die vom Reindl überliefert ist und auch nach seinem Ausscheiden aus der Firma erzählt wurde, war die mit dem Rottweiler. Weil, das habe ich vergessen zu erwähnen, eine Rottweilerdame hatte er auch, sie hieß Hildegard, nach Hildegard Knef, die der Reindl vergöttert hat. Bei der konzentrierten Arbeit sang er immer leise das Lied: »Ich brauch Tapetenwechsel, sprach die Birke und macht sich in der Dämm'rung auf den Weg« undsoweiter. Zu Ostern kochte und färbte er für die gesamte Belegschaft – circa siebzig Personen – Ostereier, die er in seiner Küche über Nacht zum Trocknen gestapelt hatte. Am nächsten Morgen waren die Ostereier weg, Hildegard lag mit einem monströsen Blähbauch winselnd im Vorhaus und entließ giftige Fürze in die Luft des Schuhschachtelhäuschens, überlebte das Ostereiermassaker zum Glück aber knapp. Die Belegschaft erinnerte sich noch Jahre später schenkelklopfend an diese lustige Geschichte, an den Eierfurzgestank, den der Reindl aus Gewand und seiner Mähne noch eine Woche später verströmte, selbst als er längst mit amputiertem Bein und halb blind in seinem Schuhschachtelhäuschen saß, endgültig allein, nachdem Hildegard wegen eines Hüftleidens eingeschläfert werden musste und er sich keine Lavoir-Huren mehr leisten konnte.

Wieder ein Stück weiter saß die Lagerabteilung, die nur aus zwei Leuten bestand, auf zwei zusammenklappbaren Campingsesseln: Leitner, der Lagerleiter, der freilich von allen nur Lagerleitner genannt wurde, und der Großvater, sein Verpacker, an dessen wirklichen Namen ich mich nicht mehr erinnere, und die sich gegenseitig nicht leiden konnten. Leitner: immer Anzug, pedantisch, Nichtraucher, Antialkoholiker, aggressiv freundlich. Der Großvater: immer kariertes Hemd, über den Nabel hochgezogene löchrige Jeans, Leberzirrhotiker, Kettenraucher, aggressiv unfreundlich.

Bei seinen an Leitner gerichteten Beschimpfungen, der in seinem Büro saß und alles hören konnte, nahm er die Zigarette nicht aus dem Mund, schielte über seine schmale Lesebrille, die er kurz vor dem Abstürzen auf seiner Nasenspitze balancierte, und verpackte gleichzeitig seine Pakete mit der Paketbandmaschine. Ein ununterbrochenes Geschimpfe und ununterbrochenes Abwickeln und Abreißen des Klebebandes aus der Klebebandmaschine war zu hören, ist man draußen auf der Rampe an der immer offenen Lagertür vorbeigegangen, und im Lagerleitungsbüro hat man Leitner mit hochrotem Kopf vor dem Bildschirm sitzen sehen, weshalb der Großvater ihn ausschließlich mit »Paradeiser« anredete, was aber höflich gemeint war. Unhöfliches konnte man, wie gesagt, im Vorbeigehen bei dem ununterbrochenen Geschimpfe hören. Pingeliger! Itüpferlreiter! Flohpuderer!, konnte man hören, dann wieder das Abwickeln und Abreißen des Klebebandes an der Paketbandmaschine, Erbsenzähler! Prinzipienreiter! Bürokrat! Verpackungschips-Nazi!, undsoweiter. Die Geschäftsführung duldete ihn trotzdem, weil er es offensichtlich nicht mehr lange machen würde. Der schaut schlechter aus als ein schon seit zwei Tagen Aufgebahrter, wie Leitner immer gesagt hat, wenn er gefragt wurde, wie er den Großvater aushalte. Rausgeschmissen wurde er trotzdem vor seinem endgültigen Abtreten, aber nicht aufgrund seiner gegen Leitner gerichteten Schimpflitaneien und -tiraden, sondern wegen eines anderen Zwischenfalls, der während der vorweihnachtlichen Betriebsversammlung passiert ist. Bei dieser Betriebsversammlung wurden von der Geschäftsführung, stellvertretend in der Person des Prokuristen Magister Schatz, die sogenannten Zahlen präsentiert, weshalb ein paar Tage vorher alle Arbeiter und Angestellten wegen dieser Zahlen nervös und aufgekratzt waren, und bekam man, egal welches Büro man betrat, schon als zweite Frage nach dem werten Befinden die Frage nach den Zahlen gestellt, die bei der Betriebsvereinbarung in roter, schwarzer und grüner Farbe zusammen mit zumeist verschiedenen Balken-, Linien-, und Kreisdiagrammen vom Magister Schatz präsentiert wurden: Auftragseingang, Umsätze, Durchlaufzeiten, Margen undsoweiter. Dabei interessierten diese Zahlen die meisten Kollegen überhaupt nicht. Diese meinten mit »Zahlen« ausschließlich die Auswertung der Krankenstandstage, die vom Prokuristen Herrn Magister Schatz immer erst ganz zum Schluss präsentiert wurden, sortiert nach Abteilungen und Mitarbeitern und vor allem genüsslich, wie man so schön sagt. Zur Feier des Tages hatte er eine rote Weihnachtsmannzipfelmütze mit weißer, flauschiger Wattebordüre auf dem Kopf, was zu dem edlen, eleganten Herrenzweiteiler und den italienischen Lederhalbschuhen, die er trug, doppelt lächerlich ausschaute und sein Ziel, damit seriös und amikal gleichzeitig zu wirken, bei Weitem verfehlte. Alle taten gewissenhaft so lange, als würden sie zuhören, bis die Zahlen zu den Krankenstandtagen an die Wand geworfen wurden, dann hörten sie tatsächlich zu. Gerade als er, wie immer, zuerst mit den lobenden Worten beginnen wollte, die tadelnden kamen dann viel ausführlicher zum Schluss, rasselte es plötzlich auf der Kunststoffhaube der Oberlichte des Konferenzraumes.

RRSCH, machte es.

Dann kurze Pause.

Wieder RRSCH.

Herr Magister Schatz stoppte kurz, irritiert, seinen Redefluss, und als er nach kurzer Pause fortfuhr und seinen begonnenen Satz wieder von vorne begann, weil den wollte er auf alle Fälle und in seiner ganzen Pracht unter die Kollegen bringen, schließlich feilte er schon seit Wochen an den Sätzen, vor allem an den Sätzen, die sich auf die Zahlen zu den

Krankenstandtagen der Belegschaft bezogen, und von denen lag ihm der Einstiegssatz ganz besonders am Herzen, als sich nach den ersten paar gesprochenen Worten wieder ein Regen aus Streusplitt, wie wir später erfuhren, mit einem lauten RRSCH auf die Kunststoffoberlichte ergoss. Und einen Moment später konnte man durch die Oberlichte, die einen Spalt für frische Luft für die Belegschaft geöffnet worden war, den Großvater hereinschreien hören.

Schatz!, schrie er, komm runter, ich watschiere dich!

RRSCH.

Ich weiß, dass du da oben stehst, mit deiner Pudelhaube und deinen angespitzten Humanic, und gescheit daherredest!

RRSCH.

Komm runter, hab ich gesagt, du Hosenscheißer! Dann werden die Krankenstandstage gleich steigen!, in der Sekunde werden sie steigen, das garantier ich dir! Dann kannst du dich bei dir selbst über die hohen Krankenstandstage beschweren, du Listenwichser!, du KZ-Aufseher!

Später versuchte er sich beim Geschäftsführer herauszureden, indem er behauptete, mit KZ habe er »Krankenstandzahlen« gemeint, das hat ihn aber vor der Fristlosen auch nicht mehr gerettet.

Der Großvater bückte sich, griff wieder mit einer Hand in die Streusplittbox des Winterdienstes und warf sie mit einem Schwinger in Richtung Konferenzraum. RRSCH, machte es wieder bei uns. Keiner sagte was. Prokurist Magister Schatz nahm die weihnachtliche Zipfelmütze ab, steckte sie in die Seitentasche seines Sakkos und verließ wortlos den Konferenzraum. Diejenigen mit vielen Krankenstandtagen auf ihrem Personalkonto waren erleichtert, weil sie sich nicht zusammenscheißen und durch die Vergleiche mit den »Gesunden« nicht demütigen lassen mussten, und diejenigen mit wenigen bis keinen Krankenstandtagen auf ihrem Personalkonto waren angefressen, weil sie um das traditionelle Geschenk umgefallen waren und sich dachten: Nächstes Jahr gehe ich auch wieder öfter in den Krankenstand, wenn man zum Schluss wieder um das Lob und das Geschenk umfällt, das, meiner Meinung nach, meistens ohnehin symbolisch war, eine Packung Mannerschnitten, die galligen Blaschke-Kokoskuppeln oder ähnliches Schokozeugs, von dem einem in der Weihnachtszeit sowieso schon gegraust hatte.

Den Großvater sahen wir nie wieder. Von seinem Tod erfuhren wir über die Ecke von meinem Vorgänger im Vertrieb, der mit seiner Tochter zusammen war. Der Großvater, jahrelanger Alkoholiker und, wie gesagt, Leberzirrhotiker, hatte Krampfadern in der Speiseröhre ausgebildet, vor denen ihn der Internist und seine Tochter immer wieder gewarnt und die ihn schlussendlich umgebracht haben, und zwar während der kalten Jause, die er sich zum Abendessen hergerichtet hatte.

Die ist noch auf dem Küchentisch gestanden, wie mein Vorgänger in der Kantine während der Mittagspause erzählt hatte.

Ein großes Stück Wiesbauer Bergsteiger, wie die Dauerwurst heißt, ein Batzen Estragonsenf, der an den Rändern schon eingetrocknet und dunkelbraun verfärbt war, zwei Scheiben Brot und ein Viertelglas Zweigelt sind auf dem Küchentisch gestanden, sagte mein Vorgänger.

Von dort ausgehend konnte man seinen letzten Weg verfolgen, der vom Großvater auf dem Boden und an den Wänden markiert worden war. Am Küchentisch sitzend sind dem Großvater, wohl beim Hinunterschlucken eines zu großen Bissens Bergsteiger Dauerwurst, die Krampfadern in der Speiseröhre aufgeplatzt. Auf dem Tisch und auf dem Boden war ein Schwall Blut gelandet. Dann ist er aufgestanden und von der Küche ins Vorzimmer gewankt, wobei er sich beim Gehen abwechselnd an den Wänden abgestützt und sich die Hand auf den Mund gepresst hatte, wie man an den verschmierten Blutspuren sehen konnte. Dort ist er vor dem Vorzimmerkasten, auf dem das Festnetztelefon gestanden ist, stehen geblieben, vermutlich wollte er noch Hilfe holen, der Hörer ist neben der Gabel gelegen und an der Wand gegenüber klebte ein großer Fleck Blut. Dann hat er es sich anscheinend anders überlegt, weil bei niemandem ein Anruf oder ein Notruf bei der Rettung eingegangen war, und ist weiter ins Badezimmer, wo er noch ein paarmal Blut ins Waschbecken und in die Badewanne erbrochen hatte, bevor er auf dem Boden zusammengebrochen war.

Das wird lustig werden, die Bude auszumalen, hat mein Vorgänger gesagt, die Mohnbrösel mit dem letzten Bissen seines Germknödels in Schlangenlinien vom Teller geputzt und ihn sich in den Mund gesteckt. Auf was man Appetit hat, davor darf es einem nicht grausen, nicht wahr?, sagte er, und: Da muss ich mindestens zweimal drübergehen mit der Farbe, dass sie deckt, hat der Verkäufer im Bauhaus gesagt, sagte er.

Während der Sonnenfinsternis stand der Großvater noch fast lebendig auf dem Parkplatz, wie immer eine Zigarette im Mund, und schaute auf den Boden, mit einem Gesichtsausdruck, als hätte er in einen Sauerampfer gebissen. Hinter ihm standen in einer Gruppe noch zwei Kollegen vom Vertriebsinnendienst, die Empfangsdame und die Buchhaltung zusammen. Erst ganz zum Schluss bei der Einfahrt zum Firmengelände neben den Mistkübeln stand der Exportleiter mit der Geschäftsführung, die als Letzte gekommen und, geschäftig tuend, als Erste wieder gegangen war, außer dem Exportleiter, der war auch der Letzte, der wieder im Büro war. Er konnte nur mehr langsam gehen, vor allem über die Stiegen hinauf musste er sich mühsam am Geländer hochziehen. Die vielen Jahre als Vertriebsleiter im sogenannten ehemaligen Ostblock, hauptsächlich Russland, aber auch in Rumänien, Bulgarien, Tschechien, der Slowakei sowie Ex-Jugoslawien inklusive Albanien, hatten ihm aufgrund der unzähligen, bei den dortigen Geschäftsabschlüssen üblichen Trinkgelage mit Hochprozentigem eine schwere Gicht, Alkoholabhängigkeit und mehrere Scheidungen eingebrockt. Sie hatten der Firma traumhafte Umsätze und ihm selbst irreversible Organschäden beschert. Die Jahre bis zu seiner Frühpensionierung durfte er deshalb gnadenhalber kettenrauchend und am Computer Solitaire spielend in seinem Büro absitzen, das so groß war wie die Besenkammer der Putzfrau. Besuchte man ihn, um zu plaudern, beschloss er jedes Gespräch, egal welches Thema, mit dem Satz: Durst ist schlimmer als Heimweh. Dann spielte er weiter.

Mein Vorgänger im Vertrieb sagte etwas, und die um ihn herum stehenden Damen lachten, zwei berührten ihn dabei an Schulter und Hüfte, so, als müssten sie sich vor lauter Lachen an ihm abstützen. Die Sonne blitzte mittlerweile wieder deutlicher hervor. Das Ereignis der Sonnenfinsternis würde bald vorbei sein. Mein Vorgänger war groß gewachsen, muskulös und tüchtig, wie alle sagten, er wisse, was er wolle, und würde es noch zu was bringen. Er trug einen imposanten, dichten Schnauzer auf der Oberlippe, einen sogenannten Traurigen, der sich über die Mundwinkel bis zum Kinn erstreckte. Er kündigte kurz nach der Sonnenfinsternis, weil er den versprochenen leitenden Posten im Vertrieb wegen Animositäten der Geschäftsführung, wie er sagte, nicht bekommen hatte. Seine Lücke füllte ich. Ich war zahm und verlangte nie was. Er hatte drei Kinder. Zwei aus erster Ehe, das letzte von der Tochter vom Großvater mit der er, wie gesagt, zusammen war. Nach einem Motorradunfall hatten sie einmal seinen Oberschenkel mit einem Edelstahlbügel wieder zusammengeschraubt. Nachdem die Knochen wieder verheilt waren, hatte er den Bügel als Glücksbringer in der Schublade seines Schreibtisches verstaut und ihn dort nach der Kündigung vergessen, oder absichtlich liegen gelassen. Ich benutzte das Teil dann als Zettelbeschwerer. Er trank keinen Tropfen Alkohol und rauchte nicht. Das Motorradfahren hatte er sofort aufgegeben, als er von der Schwangerschaft seiner Frau erfuhr. Eine gute Partie. Eines Abends kam er nach Hause und hatte eine Gehirnblutung. Wie durch ein Wunder blieben ihm keine bleibenden Schäden, wie die Ärzte sagten. Seine Frau weinte vor Glück. Sie sagte jedem: Wie durch ein Wunder sind ihm keine bleibenden Schäden geblieben!, und bin ich durch die Abteilungen gegangen, wo die Geschichte natürlich Hauptthema war, konnte man überall hören: Wie durch ein Wunder sind ihm keine bleibenden Schäden geblieben! Kurze Zeit später starb er bei einem Autounfall auf dem Weg zum Kindergarten, um seine Tochter abzuholen. Ein Auto war ihm auf seiner Spur entgegengekommen und frontal in ihn hineingekracht. In der Berichterstattung in Radio und Fernsehen sagten sie: Aus bisher ungeklärten Gründen war der Lenker des entgegenkommenden Fahrzeuges undsoweiter. Beim Begräbnis gab ich seiner Frau die Hand und sprach ihr mein Beileid aus. Die Geschäftsführung, die ebenfalls anwesend war, tat dasselbe, und zu jedem, der ihr das Beileid aussprach, sagte sie: Aus bisher ungeklärten Gründen!, Aus bisher ungeklärten Gründen!, undsoweiter.

Groß gewachsen, muskulös, tüchtig, einen imposanten Schnauzer auf der Oberlippe. Siebenunddreißig Jahre alt. Seinen Glücksbringer habe ich danach weggeschmissen, es kam mir irgendwie unanständig vor, ihn auf einem Stoß Zettel liegen zu haben. Bin ich durch die Abteilungen gegangen, wo die Geschichte natürlich Hauptthema war, konnte man überall hören: Aus bisher ungeklärten Gründen, aus bisher ungeklärten Gründen …

Dann war das Sonnenfinsternis-Spektakel vorbei, die Lichter auf dem Parkplatz schalteten sich aus und alle gingen wieder auf ihren Arbeitsplatz zurück. Die einen vor die blaue Tür, die anderen hinter die blaue Tür, so, wie es sich gehörte.

Zwei Tage später fuhr ich mit meiner blau-weißen Suzuki DR750-BIG nach Griechenland auf Urlaub, und die ganze Fahrt ging mir der Gedanke nicht aus dem Kopf, ob und welche Leute wohl am 3. September 2081 auf dem Parkplatz vor dem Firmengelände oder dem, was er dann sein würde, zusammenstehen und welche Geschichten unauslöschlich in ihren Knochen stecken würden, während sich der Schatten des Mondes langsam über die Erde und ihre in den Himmel gehaltenen Gesichter schieben würde.

Zwanzig Jahre später wache ich manchmal aus einem Traum auf, meine Ohren pfeifen wie nach einem Druckkesselzerknall. Im Moment des Aufwachens denke ich mir: Nein!, Bitte nicht!, Ich arbeite doch gar nicht mehr in der Firma, das darf doch nicht wahr sein!, habe aber noch deutlich den Geruch der einzelnen Abteilungen in der Nase, die der Fertiggerüchteküche in der Kantine, höre die Stimmen der Kollegen, sehe deutlich ihre Gesichter, als hätte ich sie erst gestern gesehen, und habe die Liste der Kunden im Kopf, denen ich noch eine Antwort schuldig bin, obwohl ich mich sonst eigentlich immer nur an diesen einen Tag im Sommer 1999 erinnern kann und alle anderen Arbeitstage sich als Erinnerungskonvolut wie eine Schneekugel unübersichtlich zusammengequetscht hatten … Dann richte ich mich auf und schaue neben mich, wo zum Glück meine Frau schläft, die beim Atmen das altbekannte knackende Geräusch macht, stehe auf und gehe ins Zimmer nebenan, wo ich die Kinder abgedeckt und mit offenen Mündern schlafend in ihren Betten finde. Halbwegs beruhigt lege ich mich wieder zurück und schaue noch einige Zeit an die Decke, wo neben dem Schrank eine Spinne über ihr Netz krabbelt, die plötzlich, als würde sie bemerken, dass ich sie beobachte, verharrt und sich auch nicht mehr bewegt, bis ich wieder eingeschlafen bin.

Rinderwahn

Abfahrt Richtung Flughafen Wien Schwechat. Von dort weiter über Istanbul nach Delhi. Ich stehe im Vorzimmer, taste meine Taschen nach dem Wichtigsten ab: Pass, Geldtasche, Handy. Noch mal, denke ich und sage es mir in Gedanken vor, sicher ist sicher: Pass, Geldtasche, Handy. Die große Tochter weint, die kleine zieht sich die Kapuze ihres Oversized-Pullis über den Kopf, sagt kurz Tschüss – ohne mich dabei anzuschauen – und geht zur Tür raus.

Meine Frau sagt: Zehn Tage Diarrhö wären mir auch lieber als zehn Tage allein mit denen hier, und deutet mit einem kurzen Nicken meiner großen Tochter hinterher, die schluchzend die Stiege hinaufrennt. Das »auch« in dem Satz macht mir Sorgen.

Die Einladung kam schon vor einem Jahr. Zehn Tage sollte die Rundreise dauern. Angepeilt waren Delhi und Umgebung, eventuell Varanasi. Wie immer sagte ich zu, ohne viel nachzudenken. Sind ja nur zehn Tage, dachte ich, und, wann komme ich schon je wieder nach Indien, ich komme ja nicht einmal nach Gschert-Indien, wie ein ehemaliger Arbeitskollege die österreichische Provinz bezeichnet hat. Ich vergaß die Einladung auch bald wieder, vor allem, weil ich kurz darauf krank wurde und keiner mir sagen konnte, was der Grund war. Immer hatte ich eine sogenannte *erhöhte Temperatur*, dazwischen auch Tage mit Fieber, circa alle zwei bis drei Wochen. Die Hausärztin sagte, aha, erhöhte Temperatur, nahm mir Blut ab und schickte mich zum Internisten, der sagte, aha, erhöhte Temperatur, nahm mir Blut ab und schickte mich in ein Allergiezentrum, dort sagte man, aha, erhöhte Temperatur, nahm mir Blut ab undsoweiter undsofort. Die Ärzte schickten die Befunde meiner Hausärztin und die sagte, meine Blutfette seien erhöht und verschrieb mir Statine, die erhöhte Temperatur sei aber im Rahmen des Normalen. Sie fragte mich: Haben Sie Stress? Das Wort *psychosomatisch* fiel. Ich nahm abwechselnd und auch gleichzeitig verschiedene Medikamente. Mexalen, wenn die Temperatur stieg, Thomapyrin zusätzlich bei Kopfweh, Seractil bei Schmerzen im Gesicht. Dann ein antivirales Mittel gegen Gürtelrose, das mir der Hautarzt verschrieb, weil ich einen Hautausschlag bekommen hatte und eine mutmaßlich dadurch ausgelöste Augenentzündung, und später, als sie nicht besser wurde, vom Augenarzt, zu dem ich deswegen ging, Penicillin, der sagte, dass es eindeutig keine Gürtelrose sei, sondern etwas Bakterielles, obwohl, Entzündungswerte im Blut: nicht erhöht, deshalb kurz darauf, der Klassiker: Cortison. In diesem Zustand erreichte mich ein Anruf. Der Anrufer stellte sich mir als Ramesh vor. Ich verstand nicht. Erstens weil ich die Einladung völlig vergessen hatte, zweitens wegen seines indischen Englischs. Er lachte und meinte, er wolle mit mir die Details meiner Reise klären, die ja schon bald anstehe, nämlich in drei Monaten. Regarding your visit to India, sagte er undsoweiter. Von da an meldete er sich wöchentlich und ebenso wöchentlich änderten sich die Programmpunkte, Ankunfts- und Abholzeiten, Angaben zur Visa-Abwicklung, Botschaftstermine *regarding my visit to India*, bis ich zum Schluss komplett verwirrt war und, wenn er anrief, mich einfach über seine nette Art und das indische Englisch freute. Wird schon werden bis dahin, dachte ich.

Dreißig Minuten vor der Landung in Delhi sehe ich Lichter, so weit ich schauen kann und so gut es durch das kleine Fenster der Boeing 777 möglich ist. Aber es sind nicht so klare, an ihren Enden scharf konturierte Lichter, wie ich es bei nächtlichen Landeanflügen in Europa gewohnt bin, sondern verschwommene Lichtbatzen, wie das Licht vom Alibert in der Früh, wenn einem vom Schlaf der Nacht noch die Lider teilweise zusammenkleben, weil sich der Schlafsand wie Butterbrösel in den Augenwinkeln gesammelt hat. *Wisch dir den Schlaf aus den Augen.* Dieser Satz meiner Mutter fällt mir ein, den sie jeden Tag beim Frühstück zu mir gesagt hatte, und mir, wenn ich ihn mir nicht gleich wie befohlen aus den Augen wischte, mit einer groben Handbewegung und dem eine Woche alten nach Knoblauch und Rindsuppe riechenden Wettex die Augen ausputzte. Die Batzen unter mir haben Ähnlichkeit mit der Milchstraße. Der sich langsam nähernde Boden sieht aus, als wäre die Himmelsansicht auf die Erde geklatscht, wie eine schlecht aufgetragene Deckenfarbe. Delhi von oben also. Nach der Landung dauert es lange, bis wir am Gate ankommen. Als wir endlich die Parkposition erreichen, wie die Flugbegleiterinnen immer sagen, sehe ich durch das Fenster zwei Männer näher kommen. Arbeiter, die damit anfangen, den Flieger abzufertigen, denke ich. Und es stimmt auch, nur gibt es einen Unterschied, an dem ich merke, ich bin tatsächlich »in einer anderen Welt gelandet«, wie der in Reisemagazinen beliebte Spruch in Bezug auf Indien heißt: Sie lachen und winken den Passagieren durch die Flugzeugfenster freundlich zu. Und nicht nur, dass sie uns Passagieren jeder mit einem Arm freundlich zuwinken, mit dem anderen Arm Händchen haltend, hüpfen sie über die Rollbahn dem Flieger entgegen, wie meine Töchter seinerzeit, als sie noch klein waren, beim Tempelhüpfen im Hof. Sie haben dabei einen Blaumann an, tragen schwere Schuhe, einen gelben Helm und einen dichten Vollbart im Gesicht, aus dem die weißen Zähne leuchten wie Faschingsplastikgebisse. Fröhlich schauen sie aus, würde ich behaupten. Ich stelle mir meinen Vater vor, wie er seinerzeit, nach dem Einläuten der Frühschicht, mit einem Kollegen Hand in Hand in die Stahlwerkshalle am Schmiedehammer vorbei in Richtung Hochofen hopst, und muss laut lachen bei der Vorstellung, weil das natürlich in *unserer Welt* unvorstellbar ist, hier aber anscheinend nur ein Ausdruck von kollegialer Verbundenheit.

Es ist halb vier in der Früh, Temperatur dreißig Grad, Luftfeuchtigkeit fünfundsechzig Prozent.

Diese seltsame, meinem Eindruck nach grundlose beziehungsweise zu den schlechtesten Umwelt- und Lebensumständen unpassend gute Laune wird mir die nächsten Tage noch öfter auffallen, die diametral entgegengesetzt der österreichischen ist, wo meistens eine zu den besten Umwelt- und Lebensumständen unpassend schlechte Laune vorherrscht. Eine der ältesten österreichischen Traditionen ist die zu den besten Umwelt- und Lebensumständen unpassend schlechte Laune, das Talent, im Positivsten das Negativste zu sehen, in der eigentlich nicht erwähnenswerten Nichtigkeit den Weltuntergang, die eigene Auslöschung sogar: »Da kann ich mich ja gleich umbringen«, mit der gleichzeitigen Sehnsucht zum Negativen, wie ein Freund nach einer mehrwöchigen Schwedenreise und dem ersten Kontakt mit einem Mitarbeiter am Flughafen Wien Schwechat sagte: »Endlich werde ich wieder wie Dreck behandelt, da weiß man gleich, dass man wieder zu Hause ist!«

Nach und nach verlassen wir das Flugzeug. Bevor ich die Ankunftshalle erreiche, werden mehrere Male mein Flugticket und mein Reisepass kontrolliert, mein Aufenthaltsvisum, die Fingerabdrücke beider Daumen werden mir abgenommen, was fünfzehn Minuten dauert, weil der Sensor die

Oberfläche meiner Wurstfinger nicht erkennt, sowie die Iris meiner Augen gescannt. Mein rechtes Auge brennt wieder stark, das Weiß auf der Innenseite ist rot. Als ich von der übertrieben klimatisierten Ankunftshalle durch den Ausgang hinausgehe, legt sich die morgendliche Luft wie ein warmer, feuchter Waschlappen auf meinen Körper. Sie riecht wie eine Mischung aus Gewürzen, Moschus und derweil nur leicht nach Senkgrube. Das wird sich ändern, mit jedem Kilometer, den wir uns Delhi nähern. Natürlich ist der Fahrer, der mich abholen soll, nicht da, weil ich selbstverständlich beim falschen Ausgang hinausgegangen bin. Selbstverständlich deshalb, weil ich in meinem ganzen Leben, gab es zwei Möglichkeiten, einen Weg zu nehmen, immer den falschen genommen habe. Das war ein Gesetz, darum wundere ich mich in dem Moment auch gar nicht, keinen Fahrer anzutreffen. Genau genommen treffe ich meinen Fahrer nicht an, andere Fahrer treffe ich natürlich zur Genüge an, die wuseln um mich orientierungslosen Provinzler herum und versuchen, mich in ihr Taxi hineinzubringen. Einer von ihnen ist so nett und bringt mich zum richtigen Ausgang, wo mein Fahrer schon auf mich wartet. Die Hilfsbereitschaft und Freundlichkeit des Taxifahrers auf einem Großstadtflughafen kulturschockiert mich fast mehr als der Verkehr auf der Flughafenautobahn. Aber nur fast, wie man so schön sagt.

Die Straße beginnt hier, oder hört hier auf, je nachdem, sagt mein Fahrer, der mich in meine Unterkunft im Botschaftsviertel bringen wird. Hier ist alles Menschliche und von den Menschen Produzierte auf den Straßen öffentlich einsehbar und transparent. Shared Space auf Indisch, quasi. Sattelschlepper, Autos, Busse, Roller, Motorräder, Tuk-Tuks, Rikschas. Eine alte Frau mit ihrem Fahrrad, auf dessen Gepäckträger ein Riesenhaufen bunter Stofftücher aufgetürmt ist, quetscht sich zwischen einem Landrover und einem gelb-grün lackierten Tuk-Tuk durch, auf dem schmalen Betonsockel zwischen den Fahrbahnen liegt ein Mann, nur mit einem Lendenschurz bekleidet, seinen Kopf auf die zusammengefalteten Hände gelegt, und schläft, ungestört von dem Gehupe, das rund um die Uhr nicht aufhört, zusätzlich zum normalen Verkehrslärm freilich. Auf dem Armaturenbrett des Taxis sind zwei kleine Plastikventilatoren mit Holzschrauben festgeschraubt, die dem Fahrer und mir die eisige Klimaanlagenluft ins Gesicht blasen. Darunter, in einer kleinen Ablage, liegen Gras, Blumen und Gewürze, auf denen wie in einem

Osternest neben Bildern von anderen Gottheiten ein bunter Plastikelefant mit goldenem Hut sitzt. Ganesha heißt er, sagt der Taxifahrer, der, wie ich später herausfinde, der Gott und Herr der Hindernisse ist, bestimmt der passendste Gott für den indischen Straßenverkehr, denke ich.

Wir haben vierhundert tote Motorradfahrer pro Tag, sagt der Taxifahrer und strahlt mich an.

Auf allen Fahrzeugen, die am Heck eine Fläche besitzen, die groß genug ist, um darauf zumindest einen Text anbringen zu können, steht die Bitte: Please Honk! Das soll den Fahrer darauf aufmerksam machen, dass der Hintermann überholen will, was aber in der Praxis dazu führt, dass die ganze Zeit gehupt wird, weil egal, zu welcher Tages- oder Nachtzeit man unterwegs ist, immer wer hinter oder vor jemandem fährt, der überholt oder überholt wird. Mir fällt auf, dass das Hupen sowohl beim Huper als auch beim Angehupten keinerlei emotionale Regungen auslöst, was mir auch völlig neu ist, weil das Hupen in Österreich, sowohl beim Huper als auch beim Angehupten, immer emotionale Regungen oder besser gesagt Aufregungen auslöst, hupen und vor allem angehupt werden ist immer ein Eskalationsbeschleuniger im Straßenverkehr. Wo hier das Hupen lediglich zur Aufmerksamkeit dient, zur Aufrechterhaltung der körperlichen Unversehrtheit, wird in Österreich augenblicklich ein Konflikt zwischen Huper und Angehuptem eröffnet, zwischen vermeintlichem Revierbesitzer und dem, der ihm in sein vermeintliches Revier mittels Hupe akustisch hineinbrunzt. Der Angehupte lässt sich das Anhupen und den damit einhergehenden Vorwurf, ein Revierbrunzer zu sein, natürlich nicht gefallen und hupt seinerseits den Huper an, um den Vorwurf, ein Revierbrunzer zu sein, direkt zurückzugeben, was wiederum der zurück Angehupte nicht auf sich sitzen lässt undsoweiter undsofort. Nicht wenige dieser durch akustisches Reviergebrunze ausgelösten Hupkonflikte enden in Nötigungs- und Körperverletzungsdelikten und somit vor dem Kadi, wie man so schön sagt, und in weiterer Folge für manche in der Karlau, Stein oder Garsten, wie die Gefängnisse heißen. Im Auto meines Vaters, der ein leidenschaftlicher Revierbrunzer und Huper gewesen ist, wurde ich als Kind oft Zeuge einer Hupeskalation. Die geistige Zurechnungsfähigkeit des gegnerischen Revierbrunzers konnte mein Vater schon von dessen Kennzeichen ableiten. Für die Buchstaben der Zulassungsbezirke auf den Nummerntafeln hatte er nämlich jeweils seine ganz persönliche Interpretation. Hupte ihn jemand mit dem Kennzeichen TU an, sagte er, ist ja klar, der hat eine Trottel-Unterwegs-Nummerntafel. Schnitt einer mit Kennzeichen MD nach dem Überholen knapp vor ihm wieder hinein, sagte er, logisch, schau auf die Nummerntafel: Mobile Debile. So ging es die ganze Zeit weiter mit BL – Behinderter Lenker, K – Kärntner (was grundsätzlich ein Schimpfwort für meinen Vater war), S – Senil, B – Blind, GU – Geistig Untauglich, GB – Grundsätzlich Blöd, LB – Lenker Besoffen, I – Irrenhäusler, G – Gelähmter, L beziehungsweise LL – Lurch und Landlurch, W – Wunderkind undsoweiter. Bei ausländischen Kennzeichen kam nur ein verächtliches Schnauben. Auf meine Frage, was unser eigenes Kennzeichen bedeutete, sagte er: MZ – Motorischer Zampano, wobei ich mir nicht sicher bin, ob er nicht *motorisierter* Zampano meinte. Oft mündeten die Hupkonflikte in Verfolgungsjagden und gegnerische Pfefferspray-Attacken mit blutrot unterlaufenen Augen für meinen Vater. Hier, im Frühverkehr von Delhi, wäre mein Vater vermutlich einem Schlaganfall erlegen, weil seine größte Angst immer die Angst vor einem Blechschaden beziehungsweise vor der Beschädigung der Auto-Außenhaut war, wie er das Blech nannte. Viel größer als die Angst vor Bluthochdruck, Krebs und Zuckerkrankheit war die Angst vor einem Lackschaden an der Außenhaut seines weißen Mitsubishi Galant, von dem er immer ein kleines Fläschchen Metallic-Lack für Ausbesserungen in seinem grauen Arbeitsmantel griffbereit eingesteckt hatte. Sicher ist sicher, dachte er sich, denke ich. Eines Tages würde ich ihm in den Anzug, in dem er beerdigt werden würde, in die Sacktasche, wie er sie nannte, bevor sie den Deckel für immer draufmachten, ein kleines Fläschchen Metallic-Lack für Ausbesserungen hineinstecken.

Sicher bin ich mir auch, dass das hier nicht gesund sein kann. Im dichten Frühverkehr laufen mehrere Gruppen von Männern meist mit nackten Oberkörpern teils neben der Fahrbahn, teils auf der Fahrbahn.

Morgensport, sagt der Taxifahrer.

Aufgrund der Feinstaubbelastung in Delhi sind in allen Büros der österreichischen Botschaft Feinstaubfilter angebracht sowie auch Wasserfilter, um den dadurch ausgelösten Beschwerden, die hier *noch und nocher* auftreten!, und die für eine hohe Zahl vorzeitiger Todesfälle verantwortlich sind, wie der Direktor des österreichischen Kulturforums später zu mir sagen wird, vorzubeugen. Für die schlechte Luft verantwortlich ist der massive Verkehr. Hat man es zu etwas gebracht, was über die tägliche Essensversorgung in den Straßensuppenküchen hinausgeht, schafft man sich ein Fahrzeug an, sagt der Taxifahrer. Das Fahrzeug ist dann gleichzeitig das Eigenheim. Am Fahrbahnrand liegen die Fahrer an ihre Rikschas gekuschelt wie meine Kinder schlafend an ihre Plüschtiere, oder liegen zusammengekauert mit verkrümmten Gliedmaßen in ihren Tuk-Tuks, den Kopf auf das Lenkrad gelegt.

Hier kann man den Verschleißkräften Tag und Nacht öffentlich beim Verschleißen zuschauen, wird der Direktor sagen, noch und nöcher!

Durch die Müdigkeit und die eisige Klimaanlagenluft brennen mir die Augen, dass mir das sowieso brennende rechte Auge nicht mehr so auffällt. Der Taxifahrer lädt mich bei der Botschaft ab, und der Portier, der bei meiner Ankunft eigenartigerweise militärisch vor mir salutiert, bringt mich in meine Unterkunft. Ohne mich auszuziehen, lasse ich mich in das Bett fallen und bin sofort weg.

Das Läuten meines Handys weckt mich auf. Ist schon wieder heute?, denke ich, dabei habe ich mich gerade an gestern gewöhnt. Ich hebe ab: Ramesh.

Welcome to India! I hope you had a nice trip! We'll pick you up in ten minutes, sagt er und lacht. We'll pick you up in ten minutes werde ich noch oft hören.

Ich habe zehn Tage Zeit für Delhi, Varanasi und Ausflüge in der »Nähe«, wie mir Ramesh schon die Wochen davor erzählt und was ich freilich längst vergessen hatte. Jetzt fällt es mir wieder ein, während ich auf den Fahrer warte und mich frage, was das für ein seltsamer Hund ist, der über die Straße auf mich zuläuft. Seltsame Hunde haben sie hier in Indien, denke ich, bis ich merke, dass es gar kein Hund, sondern ein schäferhundgroßer Affe ist. Er setzt sich vor mich hin, starrt mich an und kratzt sich mit einer Hand am Rücken, mit der anderen bohrt er tief in der Nase. Als hinter ihm ein Tuk-Tuk hupt, dreht er sich zur Seite und trottet gelangweilt weg. Der Portier salutiert vor mir und dem Affen, zieht sich in sein Kabäuschen zurück und lässt sich von einem mit bunten Stoffstreifen geschmückten Ventilator Luft ins Gesicht blasen.

Hello Mister, höre ich den Fahrer sagen, very, very hot today!

Ich grüße zurück und setze mich auf die Rückbank durch die für mich vom Fahrer aufgehaltene Tür, was mir peinlich ist, ich es aber meinen restlichen Aufenthalt hindurch nicht schaffe, die Tür vor ihm und mir selbst aufzumachen. Im Auto ist es eiskalt, ich ziehe mir meine Jacke, die ich zum Glück mitgenommen habe, über die Schultern, tropfe mir die Augen ein und spüle meine Tabletten mit einem letzten Schluck abgestandenem Cola, das ich in der Innentasche der Jacke finde, hinunter. Einige Minuten sehe ich meine Umwelt verschwommen und die hupende Blechmasse, durch die wir uns mit unserem SUV quetschen und drängen, sieht aus wie der bunte Fleckerlteppich, der jahrzehntelang den Küchenboden meiner Eltern verunstaltete, um den darunter verschwundenen sauteuer versiegelten Parkettboden von unseren Schweißfüßen zu verschonen.

Vor der Einfahrt des Botschaftsgebäudes wird wieder militärisch vor uns salutiert, diesmal sind es zwei uniformierte Portiere, bevor einer der beiden eilig zum Schranken läuft und ihn aufmacht, damit wir auf das Gelände fahren können.

Die Freude ist ganz auf meiner Seite, noch und nöcher!, sagt der Direktor, als er mich empfängt. Mit offenen Armen quasi. Er stellt mich seinen jungen Mitarbeitern vor, die er in den höchsten Tönen lobt, beziehungsweise sind seine Worte: Meine

Mitarbeiter kann ich nur in den höchsten Tönen loben! Nachdem ich in seinem tiefen Ledersofa, das neben dem massiven Holzschreibtisch im Direktorenbüro steht, Platz nehme, sagt er: Sie sind eh ganz brav, manchmal muss man ihnen halt einen Einlauf geben, dann funktioniert alles wieder für ein paar Wochen, bis der nächste Einlauf fällig ist, aber so ist das hier, nicht wahr? Ein bisschen wie im Kindergarten oder im Zirkus, und ich bin der Zirkusdirektor, sagt der Direktor, Probleme noch und nöcher! Wollen Sie einen Kaffee?

Danke, gerne nehme ich einen Kaffee, sage ich.

Er bestellt mir über die Sprechanlage einen Kaffee, den mir wenig später ein älterer Mitarbeiter serviert, den er mir als Ramesh vorstellt und den ich mir wiederum nach unseren vielen Telefonaten ganz anders vorgestellt habe. Der Stimme nach habe ich mir einen jungen, schlanken Mann vorgestellt, jetzt steht ein alter Mann vor mir, einen Kopf kleiner als ich, dick, rundes Gesicht, das mich anstrahlt und sagt: Welcome, my friend! Er umarmt und drückt mich fest an sich. So muss sich das Michelin-Männchen anfühlen, denke ich.

Wir sehen einander beim Empfang, sagt der Direktor, der Ramesh und mich mit ausgestrecktem Arm aus seinem Büro schiebt. Ramesh wird Ihnen alle nötigen Details bekannt geben, was Ramesh auch tut. Aber zuerst bringt der mir ein paar frische Samosas, Tee und was Süßes zum Essen, worüber ich sehr dankbar bin, obwohl die Samosas so scharf sind, dass ich weitere drei Tassen Tee nachtrinken muss.

Am Abend beim Empfang bin ich so müde, dass mir die Augen immer wieder zufallen. Durch meine Sehschlitze suche ich zwischen den Essensausgabestellen, die im Park der Botschaft aufgebaut wurden, den Getränkestand, um mir ein Bier zu holen. Als ich ihn gefunden habe, treffe ich an der Ausschank den Direktor, der mich überschwänglich begrüßt und sagt: Haben Sie schon gegessen? Die Auswahl ist groß! Noch und nöcher!

Er stellt mich den umstehenden Gästen vor, als wäre ich eine Berühmtheit, weshalb ich mich möglichst unauffällig von ihm weg und zu der Kollegin aus der Schweiz bewege, die gerade mit dem slowenischen Kollegen ein Theatergespräch führt, dem ein prächtig gekleideter Sikh interessiert zuhört und dabei bedächtig mit den goldberingten Fingern der rechten Hand seinen Schnurrbart zwirbelt. Den mittlerweile einige Meter hinter mir gelassenen Direktor höre ich plötzlich laut meinen

Namen ausrufen, ich drehe mich in seine Richtung, mit beiden Armen zu mir herüberwinkend sagt er: Rinderwahn! Morgen geht es nach Rinderwahn! Ich habe keine Ahnung, was er damit meint, Rinderwahn?, ist das ein Insiderwitz von in Indien lebenden Europäern?, denke ich, und wie ich mich wieder zurückdrehe, sind die Schweizerin, der Slowene und der Sikh verschwunden. Aus der Entfernung proste ich dem Direktor zu, trinke den Rest meines Glases auf ex aus und gehe auf mein Zimmer. Dort nehme ich meine Medizin. Zusätzlich zu den üblichen schmeiße ich noch ein paar Kohletabletten ein, weil ich leichte Bauchkrämpfe habe und mein Darm glucksende Geräusche macht – beware of the Delhi Belly, wie Ramesh gesagt hat, peel it, cook it, or forget it! Ich versuche mich daran zu erinnern, was ich alles gegessen habe die letzten zwei Tage hindurch und es war nichts Gefährliches dabei, denke ich, weil ich schon vorher vom Delhi Belly gehört und gelesen hatte und ich vermeiden wollte, mir in meinem angeschlagenen Zustand noch zusätzlich eine Magen-Darm-Geschichte einzufangen, deshalb passte ich extra auf, was ich mir in den Mund steckte. Während ich daran denke, was ich mir die letzten Stunden alles in den Mund gesteckt habe, tropfe ich mir auf dem Rücken liegend noch die Augen mit den Cortison- und Antibiotikatropfen ein, höre dem eintönigen Bassgewummere der Techno-Endlosschleife zu, die sie seit zwei Stunden beim Empfang auf ihrer Soundanlage mit den fetten Subwoofern abspielen, mit der ich schon in den Dorfdiscos der neunziger Jahre gequält worden war. Zwischendurch blitzen in verschiedenen Farben Lichtstrahlen des Laserscanners durch die Lamellen der Jalousien und ich denke noch: Hoffentlich erspare ich es mir, die Imodium-Akut-Packung aufreißen zu müssen. Kurz darauf bin ich bewusstlos.

Mein Telefon läutet um fünf. Es ist Ramesh. Good morning, my friend! I hope you had a nice reception yesterday! Regarding your trip to Rinderwahn today, we'll pick you up in ten minutes! The driver is waiting outside. Er lacht und legt auf. Rinderwahn schon wieder. Was zum Teufel ist dieses Rinderwahn?, denke ich, ziehe mit Daumen und Zeigefinger meine aneinanderklebenden Augenlider auseinander und wische mir die dicken Brösel aus den Augen, setze mich auf und warte darauf, meinen Kopf in meinen Händen und die Ellbogen auf die Knie gestützt, richtig wach zu werden.

Hello Mister, höre ich den Fahrer sagen, very, very hot today!

Ich grüße zurück und setze mich auf die Rückbank durch die für mich wieder vom Fahrer aufgehaltene Tür.

You're going to Rinderwahn today!, sagt der Fahrer aufgeregt und mit breitem Lächeln. Jetzt fängt der auch noch mit dem Rinderwahn an, denke ich, nicke aber nur zustimmend und bemühe mich, auch zu lächeln. Durch den Frühverkehr quetschen wir uns in Richtung Bahnhof. Nach einer halben Stunde kommen wir an, er lässt mich auf der Straße aussteigen und zeigt zum Eingang, wo ich den Direktor mit einer Gruppe Touristen stehen sehe. Ich bedanke mich beim Fahrer, steige aus und hopse zwischen den stauenden und hupenden Fahrzeugen in ihre Richtung. Ich höre noch, wie mir der Fahrer *Radhe-Radhe!* nachruft.

Die Gruppe besteht aus einem evangelischen Pfarrer, der den Ausflug leitet, einem Hindu-Priester, einem jungen Mitarbeiter der österreichischen Botschaft, zwei deutschen Rucksacktouristinnen, dem Direktor und mir.

Guten Morgen, mein Lieber!, sagt der Direktor,

wir haben schon dringend auf Sie gewartet, noch und nöcher!

Wir sind in die Rushhour geraten, sage ich, und alle lachen.

Der evangelische Pfarrer stellt sich als Bruder Simon vor und gibt Anweisungen und Verhaltensregeln für den Ausflug. Neben ihm steht freundlich lächelnd der um zwei Köpfe kleinere Hindu-Priester, den er uns als Sagar vorstellt und der uns als spiritueller Führer, wie der Pfarrer sagt, begleiten wird. Er trägt ein gelboranges Kleid und Zehenschlapfen. Endlich erfahre ich, was es mit dem ominösen Rinderwahn auf sich hat. Es handelte sich nämlich die ganze Zeit nicht um das Wort Rinderwahn, wie ich angenommen hatte, sondern um den Ort Vrindavan, den der Direktor zur eigenen Belustigung zu Rinderwahn verballhornte. Vrindavan ist ein Wallfahrtsort, erfahre ich. Eine Art indisches Mariazell, ähnlich Varanasi, wo ich auch noch hinkommen werde, aber dazu später. Jetzt brechen wir also einmal nach Vrindavan auf, und zwar mit dem Zug, Fahrtzeit circa zwei Stunden, wie der Pfarrer sagt. Vrindavan ist der Geburtsort von Krishna, und heute haben wir besonderes Glück, weil die Geliebte Krishnas, eine gewisse Frau Radha, ihren Geburtstag feiert, sagt der Pfarrer, und deshalb besonders viele Gläubige nach Vrindavan pilgern, um mitzufeiern. Zu meiner Überraschung fährt der Zug pünktlich weg. Auch ist er nicht überfüllt, weil man ohne Online-Buchung ohnehin keinen Zutritt mehr bekommt, wie der Direktor sagt, gedruckte Fahrkarten wurden abgeschafft, und seit der Elektrifizierung der Eisenbahn sind auch die in Europa bekannten Bilder von Menschentrauben auf den Zügen Geschichte. Trotzdem stehen, sitzen und liegen Hunderte Menschen auf den Bahnsteigen herum und warten, oder warten nicht, sondern sind einfach da, was beim Einfahren des Zuges kurz Hektik unter der Reisegruppe aufkommen lässt, weil der Zug nicht wie gewohnt vollständig in der Station stehen bleibt, sondern für das Ein- und Aussteigen der Passagiere langsam weiterrollt. Das ist etwas, woran ich mich gewöhnen muss, dass viele Menschen nicht irgendwohin unterwegs sind oder auf etwas warten, sondern einfach ohne Grund da sind. Wir laufen, steigen über auf dem Boden sitzende, hüpfen über auf dem Boden liegende Menschen und zwängen uns zwischen jausnenden Familien und Bettlern, denen verschiedene Gliedmaßen fehlen, hindurch, dem orangenen Mönch Sagar und dem schwarzen Pfarrer Simon hinterher, der schreit: Beeilung bitte, Beeilung bitte!, und springen, nachdem der letzte Passagier herausgesprungen ist, nacheinander in verschiedene Abteile des schon wieder Tempo machenden Zuges hinein. Wir brauchen eine Weile, bis wir einander und den Waggon mit dem reservierten Abteil und den Plätzen finden. Auf einer Seite des Abteils sind in drei Reihen untereinander Betten heruntergeklappt, in denen Männer liegen und schnarchen. Auf dem Boden darunter und davor sitzen die Mütter und Großmütter mit den Kindern, frühstücken, trinken Tee oder wippen, dabei eine Melodie summend, die kleineren Kinder und Babys auf ihrem Schoß auf und ab. Ein Bauchladenhändler geht durch die Abteile und verkauft Instantnudeln, Knabbereien und Tee. Ich kaufe ihm einen ab und genieße das Gefühl der warmen Flüssigkeit, die durch meine Speiseröhre in den Magen rinnt, fürchte mich aber gleichzeitig, dass gemeinsam mit der warmen Flüssigkeit ein sich in der warmen Flüssigkeit wohlfühlender und in Europa nicht beheimateter Magen-Darm-Virus mit hinunter rinnt. Pfarrer Simon sagt, dass wir heute an diesem besonderen Feiertag noch dazu ein besonderes Glück haben, weil es nicht selbstverständlich ist, von einem hinduistischen Mönch begleitet und geführt zu werden. Vor allem, weil die daheimgebliebene Heiligenstatue Sagars in der Zeit seiner Abwesenheit von seinem Bruder betreut werden muss. Weil, sagt er, Heiligenstatuen hier den ganzen Tag über Betreuung benötigen. Es reicht nicht, sie täglich zu definierten Zeiten anzubeten, es muss sich auch um sie gekümmert werden, sie werden gewaschen, gepflegt, mit Tüchern und Blumen, die regelmäßig gewechselt werden müssen, geschmückt, sie müssen am Morgen für den Tag hergerichtet und am Abend gebadet, gekämmt, für die Nacht bettfertig gemacht und zugedeckt werden. Ein Aufwand wird betrieben wie bei der Betreuung von Kleinkindern und Haustieren, denke ich. Wie die Österreicher ihre Hunde, Wellensittiche, Meerschweinchen, Zwergkaninchen und Hauskatzen anbeten, beten die Hindus ihre Vishnus, Krishnas und Shivas an. Kann man die Heiligenstatue nicht angemessen betreuen, darf sie nicht einfach entsorgt werden, man muss sie ihrem Ursprung zuführen. Die Götter haben ihren Hauptwohnsitz in Bäumen, sagt Pfarrer Simon, deshalb sieht man oft am Straßenrand unzählige Heiligenstatuen, die an Stämme von Bäumen gelehnt worden sind und dort von Passanten angebetet, gefüttert und gepflegt werden. Oder sie werden, was auch möglich ist, einem Fluss übergeben, weil Flüsse auch heilig sind, sagt er, und Sagar stimmt ihm lächelnd nickend zu. Er fängt an, ein Mantra zu murmeln, zu dem Pfarrer Simon leicht auf seinem Sitz hin und her wippt, und ich versuche, noch ein Stündchen zu schlafen.

Als ich aufwache, schaue ich in das runde Gesicht des jungen Mitarbeiters aus der österreichischen Botschaft.

Komm, raus mit uns, wir sind da!, sagt er und rüttelt mich dabei an den Schultern.

Der Zug ist bereits in den Bahnhof eingefahren, hält aber wieder nicht an, sondern rollt durch die Haltestelle. Vor dem Ausstieg hat sich ein Stau aus Frauen und Kindern gebildet, dazwischen sehe ich die nervös dreinschauenden Kollegen aus der Reisegruppe. Pfarrer Simon und Sagar der Mönch stehen schon kurz davor und Simon ruft: Hopp, hopp, Beeilung, der Zug hält nicht! Jemand schiebt mich von hinten an, ich gebe den Druck weiter, dränge mich zwischen einer Gruppe Frauen nach vor, merke, wie der Zug wieder Fahrt aufnimmt, steige über ein paar vor der Waggontür auf dem Boden sitzende und vor sich hin büselnde Männer und springe raus. Der Bahnsteig ist vollgerammelt mit Menschen und ich halte Ausschau nach unserem orangenen Mönch und dem Direktor mit dem Blumentopfhut. Es dauert eine Weile, bis wir einander gefunden haben. Im Gänsemarsch gehen wir Sagar hinterher, raus aus dem Bahnhof, wo uns ein Autobus abholen und nach Vrindavan bringen soll. Auf dem Platz vor dem Bahnhof stehen dicht aneinander geparkt Hunderte Tuk-Tuks, wo ich mich frage, wie da ein einzelnes von der Stelle kommen soll.

Schau dir das an!, ruft der Direktor, Tuk-Tuks noch und nöcher! Wir zwängen uns zwischen die Tuk-Tuks, klettern über die rückwärtigen Anbauten und die daran klebenden Vorderräder und wehren Dutzende Tuk-Tuk-Fahrer ab, die brüllend und lachend versuchen, uns in ihre als beste Wahl angepriesenen Tuk-Tuks hineinzubugsieren. Ich versuche, Sagar, der als orangener Farbpunkt immer wieder in der Masse aufblitzt, nicht aus den Augen zu verlieren, bis wir, nach circa einstündiger Suche, in dem reservierten Autobus sitzen, der uns nach weiterer einstündiger Fahrt auf dem vor der Stadt liegenden Busparkplatz absetzt. Ab hier werden die Straßen zu eng, wir müssen auf Tuk-Tuks umsteigen, sagt Pfarrer Simon. Wer auf die Toilette muss oder etwas zu trinken kaufen will, hier ist die Gelegenheit, sagt er und zeigt auf ein Gebäude, das man am ehesten mit einer Raststation vergleichen kann. Leider muss auch ich die Toilette aufsuchen, was sich bereits seit einer Stunde durch leichte Krämpfe in meinem Unterleib angekündigt hat. Der Boden der gesamten Toilette ist mit dunkelbraunem Wasser überschwemmt. Ich trage rote, niedrige Chucks, mit denen ich auf Zehenspitzen in Richtung Kabine stakse. Wie eine Ballerina mit Durchfall, denke ich mir. Dort angekommen, mache ich die Tür auf und sehe, wo das braune Wasser beziehungsweise die Flüssigkeit herkommt: aus einem Loch im Boden. Klomuschel gibt es keine. Es hilft nichts, ich muss trotzdem, und gerade weil ich weiß, dass ich muss, kann ich nicht. Der Klassiker. Andere haben eine Krampfblase, ich habe einen Krampfdarm. Ich wünschte in dem Moment, ich hätte ein Darm-Stoma mit praktischem Sammelbeutel, wie sie in der Werbung sagen würden. Es dauert auch eine Weile, bis ich die Hose bis zu den Knien hinuntergearbeitet habe, ganz vorsichtig, ohne dabei meine Stoffschuhe und die Hosenbeine mit der Brühe einzuweichen, ich komme mir vor wie ein Zirkusartist, einen Trapezakt über einer Jauchegrube aufführend. Der Stuhl kommt aus mir heraus wie aus einer Wasserleitung, die mit einem Kugelhahn ruckartig geöffnet wird. Meine

Kohletabletten habe ich natürlich vergessen, denke ich. Als ich fertig und aus dem Gebäude draußen bin, sehe ich Sagar neben Pfarrer Simon, der mir mit beiden Händen zuwinkt und mir zu verstehen gibt, zu ihnen zu kommen, und zwar flott, wie es aussieht, auf einem Tuk-Tuk sitzen. Ich laufe rüber und hüpfe in das schon fahrende Tuk-Tuk hinein. Beide lachen. Simon sagt, wir fahren als Erstes zum Radha-Raman-Tempel, da wird heute viel los sein, wegen des Geburtstags von Radha. Sagar lächelt. Ich hole mein Handy aus der Tasche und mache ein paar Fotos vom Verkehr um uns herum, das glaubt mir sonst niemand. Wir werden durchgeschüttelt, die Straßen sind nicht mehr asphaltiert, sondern zusammengepresster Erdboden oder da, wo sich Wasser gesammelt hat, schlammig. Der Tuk-Tuk-Fahrer schlängelt sich durch den Verkehr, zwischen den Hunderten anderen Tuk-Tuks, Rikschas, Kühen, Wasserbüffeln und Fußgängern, separate Gehwege gibt es nicht, auch ein Kamel ist dabei.

Steck dein Handy lieber wieder weg, sagt Simon, die betreiben hier mobile snatching, das heißt, die Mopeds überholen dich knapp und der Hintermann schnappt sich dein Handy. Aber das größere Problem sind die Affen, sagt er, die machen das Gleiche mit Brillen, Hüten, Schmuck und allem, was an deinem Körper nicht ordentlich verstaut ist. Ich stecke das Handy weg. Der Tuk-Tuk-Fahrer hält an, ab hier geht es nur mehr zu Fuß weiter, die Straße zum Radha-Raman-Tempel ist mit Polizei und Gittern abgesperrt. Es hat sich bereits eine Menschenschlange gebildet, die minütlich dichter wird, je näher wir dem Tempel kommen. Mittlerweile konzentriere ich mich nur mehr darauf, Sagar nicht aus den Augen zu verlieren, was schwierig ist, weil der nicht der einzige orangene Punkt in der Menschenmasse ist, die Straße vor mir, die jetzt nur mehr eine Gasse ist, sieht aus wie ein riesiger bunter Menschenfleckerlteppich. Noch dazu sehe ich alles verschwommen, weil ich meine Brille im Rucksack verstaut habe. In dem Moment hüpft vor mir ein Affe auf ein Fenstersims und fischt sich die Brille des Botschaftsassistenten. Der erwischt den flüchtenden Affen gerade noch am Schwanz, reißt ordentlich an, der Affe schreit und lässt die Brille fallen, erwischt aber das Handy einer Frau, diesmal gelingt ihm die Flucht über die Fassade, er setzt sich auf einen Mauervorsprung neben einer Reihe dort bereits sitzender Affen, die alle Handys und Brillen in ihren Händen halten und damit, hysterisch kreischend, nach unten zu den Menschen winken. Die wiederum kreischen hysterisch zurück und versuchen, die Affen mit Naschereien, die sie in den vollgerammelten Geschäften kaufen, herunterzulocken, was manchmal zu meiner Überraschung tatsächlich funktioniert, und wenn nicht, werfen sie sie zu den mafiösen Affen hinauf, die diese wiederum zurück hinunterschmeißen undsoweiter. Laufend treffen mich Nüsse, Zuckerl und ganze Verpackungen am Kopf und an den Schultern. Der Botschaftsassistent hat seine Brille, die der Affe ziemlich malträtiert hat, wieder auf seiner Nase und schaut schon ziemlich angefressen drein.

Meine Pilgerreise nach Mariazell war gemütlicher, sagt er.

Alte Frauen drängen sich um und an mich und versuchen, mir Stempel mit bunter Farbe auf die Stirn zu drücken. Das, hat mir Simon vorher im Tuk-Tuk erzählt, ist das einzige Einkommen der hier in Vrindavan gestrandeten Witwen, die keiner mehr haben will. Stirbt der Mann, ist auch das Einkommen futsch, und die Familien der zurück- und übrig gebliebenen Frauen haben kein Interesse, sie zu unterstützen, darum enden sie oft als Bettlerinnen in den Wallfahrtsorten des Landes, wo sie Pilgern und Touristen für ein paar Rupien bunte Stempel auf die Stirn drücken. Immer noch ein besseres Schicksal als früher, hat Simon gesagt, da haben sich die Witwen zu ihren verstorbenen Ehemännern bei den Burning Ghats ins Feuer geworfen, um dem Bettlerinnendasein zu entgehen. Ich greife in meine Hosentasche und verteile, so gut es in meiner eingepferchten Situation geht, meine dafür hergerichteten Rupien unter den jammernden Frauen. Das bekommen ein paar Kinder mit, weshalb sich schnell eine Traube um mich bildet, Dutzende kleine Hände zupfen und ziehen an mir und meinem Gewand herum, obwohl ich kein Geld mehr eingesteckt habe, sie aber trotzdem weiter zupfen und ziehen, bis ein Mann aus dem angrenzenden Geschäft läuft und die Kinder mit einem Stecken, an dessen Ende bunte Fähnchen angeknüpft sind, verscheucht. Sagar ist derweil an einem Verkaufsstand mit Tüchern, Blumen und Farbbeuteln stehen geblieben, der direkt an die Hausmauer angrenzt. Dort stellt er seine Zehenschlapfen ab, zeigt auf die Stelle und lächelt. Sagar kauft ein paar Armbändchen in Gelb-Blau und bindet sie um unsere Handgelenke. Gelb und Blau sind die Farben Krishnas, sagt Simon und, sagt er, weshalb ich mich gar nicht so darüber freuen kann, in den Tempel darf man nur ohne Schuhe hinein, wir sollen sie da hinstellen und später wieder abholen. Ich schaue auf die mit Menschen verstopfte Gasse vor mir und die bestimmt zweihundert Meter Entfernung, die noch bis zum Eingang des Tempels zurückzulegen sind. So sieht eine Arterie kurz vor dem Herzinfarkt aus, denke ich. Links und rechts der Gasse fließt ein Rinnsal in einem offenen Kanal, der erbärmlich stinkt. Nein, denke und sage ich, meine Schuhe ziehe ich hier garantiert nicht aus, was ich natürlich bald bereuen werde, und stelle mich mit den anderen, die ihre Schuhe wie empfohlen, oder besser gesagt wie *befohlen*, ausgezogen haben und in ihren Socken weitergehen, in die Menschenschlange. Je näher wir dem Tempel kommen, desto enger wird es um mich herum. In meinem Rücken spüre ich ein ständiges Stupsen und ein permanentes Zupfen an meinem Hemd und an der Hose und wie sich die Fingerkuppen meines Hintermanns in meine Rippen bohren. Drehe ich mich um, schaue ich in lachende Gesichter, offene Münder mit strahlend weißen Zähnen, einzelne Keppelzähne oder gar keine, die Rhade Rhade schreien, aus Verzweiflung und um mich zu beruhigen, schreie ich auch Rhade Rhade und die Leute antworten mir mit noch lauterem Rhade-Rhade-Geschrei und mein Hintermann flippt komplett aus vor lauter Vorfreude, stützt sich an meinen Schultern ab, hüpft aufgeregt auf und nieder, den Kopf hin und her werfend und schreit, bis ihm die Stimme überschlägt Rhade-Rhade-Rhade-Rhade, dass sich sogar die Affen die Ohren zuhalten. Der Direktor hat sich schon von unserer Gruppe abgesetzt. Er versteckt sich hinter der Theke eines Geschäftes, das in großen Gläsern, die ausschauen wie die Rexgläser meiner Oma, in die sie alle möglichen Lebensmittel zum Haltbarmachen eingerext hat, eine trübe Flüssigkeit zum Verkauf anbietet. Im Unterschied zu den Rexgläsern meiner Oma sind diese hier nicht beschriftet. Simon erzählt später, dass es sich bei der Einrexware um Kuhpisse handelt, das sogenannte Gomutra, das hier als Allzweckmittel für Magen-Darm-Probleme und Infektionen des Mund- beziehungsweise Halsbereichs verkauft wird. Der Erlös kommt dem Kuh-Asyl zugute, in dem Rinder ohne Eigentümer bis zu ihrem Tod gepflegt und gefüttert werden. Die Kuh-Asyle erhalten sich durch Spenden reicher Hindus, die dadurch ihr Karma aufpeppen, und unter anderem auch durch den Pisse-Verkauf der im Kuh-Asyl lebenden Kühe. Der Direktor sitzt zwischen den Einrexgläsern, winkt und gibt mir

Handzeichen, dass er hier auf uns wartet. Nach einer halben Stunde sind wir endlich am Eingang. Der ist mit einem Gitter versperrt, das eine Reihe Polizisten alle paar Minuten öffnen, um eine Traube Menschen durchzulassen, die durch den Spalt gedrückt wird, bis die Polizisten ihn wieder schließen. So, als ob man kurz den Stöpsel in der Badewanne zieht oder mit der Knoblauchpresse die Knoblauchzehe durchpresst, denke ich. Vor mir sitzt eine wimmernde Frau auf dem Boden, die aus irgendwelchen Gründen nicht eingelassen wird. Die Polizisten amüsieren sich beim Anblick der sich die Haare raufenden und weinenden Alten prächtig, zeigen mit ausgestreckten Armen auf sie und pracken sich laut lachend auf die Schenkel. Bei der nächsten Traube sind der Botschaftsassistent und ich dabei. Als die Polizisten das Gitter öffnen, werde ich ohne eigenes Zutun hineingedrückt, auf der anderen Seite aber gleich wieder angehalten, mit der Aufforderung, meine Schuhe auszuziehen. Ich schaue zu, wie meine Schuhe auf einem Haufen landen, der zum Großteil aus Zehenschlapfen besteht. Dann werde ich mit kreisenden Armen von den Polizisten in den Tempel weitergewunken. Drinnen setze ich meine Brille auf, sehe aber trotzdem nicht bis nach vorne zum

Priester, weil mir eine johlende Menschenmenge den Blick verdeckt, die nur von der Stimme des Priesters aus einem Megafon übertönt wird. Über meinem Kopf fliegen die unterschiedlichsten Gemüsesorten, die als Opfergaben dienen, in Richtung des Priesters. Melanzani, Kürbisse, Rettiche und Süßkartoffel fliegen über meinen Kopf. Ein fußballgroßer Krauthappel verfehlt mich nur knapp, beim Wegducken stolpere ich über eine auf dem Boden liegende Yamswurzel, und wie ich mit den Socken auf einen Paradeiser steige, rutsche ich seitlich weg, kann mich aber am Spazierstab eines Mannes, der ausschaut wie Neptuns Dreizack, festhalten. Er fängt mich lächelnd auf und streicht mir ein paarmal über den Kopf. Aus dem Augenwinkel sehe ich zufällig Sagar in seinem orangefarbigen Kleid auf den Ausgang zusteuern, ihm nach!, denke ich, wuzle mich durch die Menge, was eine Zeit dauert, und wie ich dort bin, ist Sagar schon wieder verschwunden. Ich gehe weiter in eine den Hügel nach unten führende Gasse, schaue dabei nach oben und sehe ein paar linkisch lauernde Affen auf den Vorsprüngen sitzen, weshalb ich meine Brille vorsichtshalber wieder abnehme und einstecke. Ihr Franz-Josef Hartlauer!, fällt mir plötzlich ein, was der Werbeslogan der für Brillen bekannten Firma in meiner Kindheit gewesen ist, meistens vor den Abendnachrichten um halb acht habe ich unzählige Male gehört: Ihr Franz-Josef Hartlauer! Den Slogan noch nicht ganz fertig gedacht, drehe ich den Kopf wieder in Richtung des Weges, zucke aber gleich zurück, weil ich in das Gesicht einer Kobra hineinschaue, die sich aus einem geflochtenen Korb, wie ihn meine Mutter zum Einkaufen immer auf den Gepäckträger ihres roten Puch-Fahrrads mit einer Gummispinne befestigt hatte, vor mir aufbäumt. Ich schreie, und der Besitzer, der daneben mit verschränkten Beinen auf dem Boden sitzt, kann sich kaum halten vor lauter Lachen, dass ihm sogar sein Turban verrutscht. Erschrocken biege ich links in eine andere Gasse, mittlerweile laufend, in der Hoffnung, in nichts Scharfes oder Spitzes hineinzutreten, und das orangene Kleid Sagars würde vor mir auftauchen wie eine Oase. Stattdessen gerate ich wieder auf die Hauptgasse, die zurück zum Tempel führt und mittlerweile noch voller ist als vorher. Gleich darauf stecke ich fest, kein Vor oder Zurück mehr möglich. Die Leute um mich herum sind schon unruhig geworden und schieben sich jetzt in alle Richtungen hin und her. Vor mir ist eine alte Frau eingeklemmt, die mit jeder Minute lauter schreit. In einer Hand hält sie einen breiten, mit Ornamenten verzierten Holzstock, an dessen Seiten noch die spitzen Enden der Äste herausstehen, die dort abgeschnitten worden waren. Auf einmal beginnt sie schreiend auf und ab zu hüpfen und mit ihrem Stock um sich zu schlagen. Instinktiv ziehe ich die Arme an meine Schläfen und spüre gleich darauf einen dumpfen Schlag an meinem rechten Unterarm. Irgendjemand zieht mich an meinem Rucksack in eine Nische hinter einem Geschäft. Ich schaue in das rote, schwitzende Gesicht des Botschaftspraktikanten, dessen Brille immer noch gleich schief auf der Nase sitzt. Erst jetzt merke ich, wie mir das Blut ziemlich flott den Arm hinunterrinnt und schon meine Hose und die Socken eingeweicht hat. Die Alte hat mir mit ihrem Stecken über die Länge meines rechten Unterarms wie mit einem Sparschäler bei einer Gurke die Haut und ein bisschen darunterliegendes Fleisch abgeschält. Der Botschaftspraktikant drückt aus einer Tube Dettol Handdesinfektionsmittel – Slogan: Wir schützen, was wir lieben! – in meine Hände, das ich mir auf den Unterarm schmiere, und wickle mir ein paar Taschentücher darüber, die er mir hinhält. Der Unterarm fühlt sich an, als hätte ich in einen Strauch Brennnesseln gegriffen.

Was für ein Scheiß-Land!, schreit der Botschaftspraktikant aus Schwechat, gleich morgen reiche ich meine Versetzung ein!

Schwechater, recht hat er, fällt mir wieder nur der Slogan der Schwechater-Brauerei ein, dann wird mir schlecht.

Ein paar Minuten später stehen der Direktor, Simon und Sagar neben mir. Der Botschaftspraktikant hat dem Direktor unseren Standort geschickt.

Marantana, sagt der Direktor, Sie bluten ja, noch und nöcher!, und wickelt mir eine Kompresse aus seinem Erste-Hilfe-Paket um den Arm. Der Verkäufer hat mir erzählt, dass letzte Woche ein paar Leute zertrampelt wurden, sagt er.

Sagar zeigt auf meine Füße, sagt etwas und lächelt.

Zwischen halb eins und vier und haben die Götter Mittagspause, übersetzt Simon, dann kannst du dir deine Schuhe wieder abholen.

Das geschieht dir ganz recht! Hat dir ja keiner angeschafft, dort hinzufahren! Zu den Fetzenmuftis! Den Bloßfüßigen!, höre ich meine Mutter schon sagen. Die Gründe für die Verbösung der Menschen sind vielfältig.

Sagar hakt sich jetzt bei mir unter und wir schlendern gemütlich die Gasse zum Tempel hinauf, die wirklich um Punkt halb eins menschenleer geworden ist. Oben angekommen, kehren ein paar Männer gerade mit breiten Besen die letzten Schuhe von der Tempelstiege auf die Gasse, wo sich über die ganze Breite bereits ein riesiger Haufen gebildet hat. Zum Großteil Zehenschlapfen, Pantoletten, Sandalen und Halbschuhe in Braun und Schwarz und völlig eingestaubt und mit Dreck verklebt. Trotzdem kann ich aufgrund ihrer roten Farbe meine Converse gleich finden und sie aus dem Haufen herausfischen. Leider sind auch sie in einem schlechten Zustand, weshalb ich sie in den nächsten Mistkübel schmeiße und mir bei einem Straßenhändler um ein paar Rupien neue Adiletten kaufe. Zurückgekehrt warten die anderen schon bei einer Straßenküche auf uns. Eine der deutschen Touristinnen kauft sich einen Teller frisches, aufgeschnittenes Obst.

Mutig!, sagt der Direktor und steigt mit mir in eine Rikscha ein. Haben Sie auch Hunger?, sagt er und packt aus seinem Rucksack zwei Semmeln und eine Inzersdorfer-Frühstücksfleischdose aus. Habe ich immer dabei, und in meiner Wohnung davon noch und nöcher, als Reminiszenz an die Heimat!, sagt er.

Noch nie in meinem Leben war ich so glücklich, eine Inzersdorfer-Frühstücksfleischdose zu sehen. Wir fahren durch die engen Gassen von Vrindavan, rempeln andere Rikschas und Tuk-Tuks an, bleiben zwischen Häuserwänden stecken, müssen Kühe von der Straßenmitte schieben und ich fühle mich dabei wie ein richtiger Inzersdorfer-Frühstücksfleischdosen-Patriot. Nach dem Schmaus geht es mir etwas besser, vor allem, weil es als Nachspeise eine etwas zerknautschte Packung Mannerschnitten gegeben hat.

Wir steigen aus und latschen wieder Sagar hinterher und bleiben an einer Böschung stehen. Stolz und lächelnd breitet er seine Arme aus und zeigt dann auf den darunter liegenden Fluss.

Das ist die Yamuna, sagt Simon, der heilige Fluss, in dem Lord Krishna als Kind immer gespielt hat.

Er sieht nur die spirituelle Schönheit, denke ich mir, die Wirklichkeit spielt in seinen Augen eine Nebenrolle. Das ist für den eigenen Seelenfrieden äußerst zuträglich, da könnte ich mir von Sagar ein Stück abschneiden, wie meine Mutter immer gesagt hat, was ich natürlich wie immer wörtlich genommen und mir entsetzt vorgestellt habe, wie ich dem Einserschüler und Sohn der von meiner

Mutter beneideten Nachbarin, Norbert hat er geheißen, mit der Laubsäge einen Finger abschneide. Leider habe ich mir immer nur die Wirklichkeit vorstellen können, darum sehe ich hier auf der Böschung stehend auch nur die Wirklichkeit. Von der Böschung bis zum Ufer hin ist Müll angehäuft. Zwischen dem Unflat suchen abgemagerte Kühe nach Essbarem, eine Kuh kaut an einem Plastiksackerl, eine andere an einem Colaflaschenverschluss. In der Mitte des Flusses schwimmt eine Herde Wasserbüffel, umringt von einer Insel aus Plastikverpackungen aller Art, so genau kann ich es nicht erkennen, die sich in ihren mächtigen Hörnern verfangen haben. Zwischen am Ufer vertäuten, bunt geschmückten Ausflugsbooten für Pilger und Touristen sitzen Männer in der undurchsichtigen Brühe, waschen sich und trinken kleine Schlucke davon aus ihren zu Schüsseln geformten Händen. Ein Mädchen läuft ins Wasser, schöpft mit einer Hand vorsichtig eine Wespe heraus, um sie vor dem Ertrinken zu retten. Als sie das Ufer erreicht, wird sie von ihr gestochen. Die Wespe fliegt davon, das Mädchen schüttelt lachend ihre Hand und steckt sich den gestochenen Zeigefinger in den Mund. Als sie bemerkt, dass ich sie beobachte, winkt sie mir zu. Dann läuft sie in den aus vom

Fluss angeschwemmten Ästen und Plastikplanen gebauten Verschlag, in dem sie wohnt und der ihr Zuhause ist, um sich von ihrer Mutter trösten zu lassen. Wir lassen Kerzen in das Wasser der Yamuna, bevor wir weiterfahren, um Krishna unsere Ehrerbietung zu zeigen und Segen zu erbitten, wie Simon Sagar übersetzt.

In den Banke-Bihari-Tempel gehe ich nicht mehr mit den anderen mit hinein. In meinem derangierten Zustand würde ich das unpassend finden. Der Saal, in dem die Menschen auf den Gottesdienst warten, ist außerdem schon bedenklich voll. Ich spüre den Puls in meiner Unterarmwunde, lehne mich draußen an die Wand und höre einem Hare Krishna zu, der mit einer Gitarre in der Hand und im Türkensitz auf dem Boden sitzend in Dauerschleife singt: *Hare Krishna, Hare Krishna, Krishna Krishna, Hare Hare, Hare Rama, Hare Rama, Rama Rama, Hare Hare.* Simon sagt mir später, dass es sich bei dem Hare Krishna um einen Österreicher handelt, der seit zwanzig Jahren täglich hier auf derselben Stelle vor dem Tempel sitzt und *Hare Krishna, Hare Krishna, Krishna Krishna, Hare Hare, Hare Rama, Hare Rama, Rama Rama, Hare Hare* singt.

Der Banke-Bihari-Tempel ist berühmt für seine einzigartige Gottesdiensttradition, bei der die Gottheit hinter einem Vorhang versteckt ist, der regelmäßig geöffnet und geschlossen wird. Jedes Mal, wenn sie den Vorhang öffnen, fangen die Leute zu schreien an, wie meine Kinder früher immer beim Kasperltheater in der Urania, wenn das Krokodil aufgetaucht ist, denke ich, oder, als ich noch ein Kind war, beim Auftritt des Tintifax. Sie tanzen, winden sich auf dem Boden, raufen sich die Haare und hüpfen herum. Während ich warte, kommen Dutzende Frauen, Kinder, Bettler in Lumpen und Männer im feinsten Zwirn auf mich zu, um sich Arm in Arm mit mir fotografieren zu lassen. Ich bin für heute das Tempel-Maskottchen. So muss sich Mickey Mouse beim Eingang von Disney World fühlen, denke ich. Gleichzeitig fühle ich mich, als wäre ich im Mittelalter angekommen, und muss dabei an meine Töchter denken, die, wenn ich sie wegen ihrer übertriebenen Handynutzung anstänkere, immer sagen: Was weißt du schon, du bist ja im Mittelalter aufgewachsen. Ein alter Mann mit nur einem Bein und einem Arm hält mir die Hand seines verbliebenen Armes hin und bewegt die Finger, als wollte er mich kitzeln. Ich gebe ihm ein paar Rupien, die ich zufällig noch in meiner Hosentasche finde. Langsam trudeln die anderen ein und wir beschließen, zurück nach Delhi zu fahren.

Leider fährt der Zug nicht, teilt uns Simon mit, das kann man eben nie so genau wissen, ob ein Zug fährt oder nicht fährt, aber der Busfahrer, der uns in der Früh am Bahnhof abgeholt hat, erklärt sich bereit, uns bis nach Delhi zu fahren. Das würde ein paar Stunden länger dauern, wegen des Verkehrs.

Wir handeln uns mit ein paar Rikscha-Fahrern einen Preis aus, und sie bringen uns zu dem Busbahnhof vor der Stadt. Ihre Körper glänzen von der Hitze und der Anstrengung wie Nuri-Ölsardinen. Dort angekommen, passt ihnen der vorher ausgemachte Preis nicht. Simon sagt, ausgemacht ist ausgemacht, und zahlt nicht. Wir laufen zu unserem Bus. Die Rikscha-Fahrer hinter uns immer lauter schimpfend her. Durch die Tür vom Bus kommen sie aber nicht, der Fahrer stampert sie zusammen mit seinem Busgehilfen hinaus und macht ihn dicht. Das ist auch ein Beruf, den es bei uns nicht gibt: Busgehilfe.

Wir fahren los und die Rikscha-Fahrer laufen uns noch einige Zeit mit den Fäusten fuchtelnd hintennach. Der Mehrpreis hat wohl umgerechnet nur ein paar Cent ausgemacht, aber, sagt Simon, da muss man hart bleiben, sonst gewöhnen sich die Lauser daran und verlangen unverschämte Preise.

Amen und Namaste, denke ich und versuche zu schlafen.

Geweckt werde ich durch Sagars Mantra-Gesang. Simon sitzt neben ihm, wiegt seinen Oberkörper hin und her und klatscht im Rhythmus mit. Die meisten der anderen schlafen, nur eine der deutschen Touristinnen liest in einem Uttar-Pradesh-Reiseführer und der Direktor isst seine letzte Inzersdorfer-Frühstücksfleischdose. Als er bemerkt, dass ich wach bin, sagt er: Wollen Sie auch? Ich teile den Geschmack der Heimat gerne mit Ihnen! Ich winke ab und schaue aus dem Fenster. Es ist Nacht und wir befinden uns auf der zweiten Spur einer vierspurigen Autobahn. In Indien gilt Linksverkehr, was aber in dem Moment nicht auszumachen ist, weil wir die ganze Zeit links und rechts überholt werden und das, wie mir auffällt, in riskantester Art und Weise, weshalb ich gleich wieder putzmunter bin und mich an der Querstrebe vor mir festhalte, dass sich bald weiße Punkte an der Haut über meinen Knöcheln abzeichnen. Links aus dem Augenwinkel sehe ich einen überfüllten Maruti Suzuki Ciaz von hinten auf uns zukommen, auf der Rückbank kann ich auch ein paar Kinderköpfe erkennen. Wie es ausschaut, möchte er überholen und sich zwischen uns und einem knapp links vor uns fahrenden Lastwagen durchquetschen. Ich drücke die Querstrebe vor mir noch fester und sage zuerst zum Direktor: Das wird eng, das wird eng, das wird eng! Und dann: Das geht sich nicht aus, das geht sich nicht aus, das geht sich nicht aus! Unser Busfahrer macht keine Anstalten zu bremsen und fährt stur sein Tempo weiter. Der Maruti Suzuki Ciaz schafft es freilich nicht, sich zwischen uns und dem Lastwagen durchzuschlängeln, sondern knallt uns in die linke Seite auf Höhe der Vorderachse ungebremst hinein. Das Geräusch ist schrecklich. Der Busfahrer macht immer noch keine Anstalten zu bremsen. Darum dreht sich der Maruti vor uns um neunzig Grad ein, ich sehe kurz die aufgerissenen Augen des Fahrers und seinen roten, straff um den Kopf gebundenen Turban. Gleich darauf dreht er sich weiter und wird vom Bus rechts weggeschleudert, fängt sich auf dem Bankett des Mittelstreifens, überschlägt sich mehrere Male, bis er auf der Gegenfahrbahn auf dem Dach liegen bleibt. Durch das Rückfenster des sich im Flug drehenden Autos sehe ich, wie durch das Bullauge einer Waschmaschine, wie sich die Kinderkörper mit anderen Gegenständen durchwirbeln. Jetzt sind alle wach und warten mit bleichen Gesichtern, was weiter passiert. Der Direktor springt auf und schreit: Stehen bleiben, sofort stehen bleiben! Wer weiß, was denen passiert ist! Die können schwer und noch und nöcher verletzt sein! Der Busfahrer bleibt nicht stehen, weil, erklärt Simon, in Indien bei einem Verkehrsunfall sowieso niemand stehen bleibt und mitten in der Nacht und mitten auf der stark befahrenen Autobahn einer aufgebrachten Menschenmenge gegenüberzustehen nicht so eine gute Idee ist. Sagar sagt Simon etwas ins Ohr und fängt an, laut und fröhlich ein Mantra zu singen. Simon übersetzt, dass wir besonderes Glück haben, weil wir ja heute den ganzen Tag unterwegs waren, um Lord Krishna anzubeten, und der Fahrer des Maruti Suzuki Ciaz das augenscheinlich heute nicht gemacht hat, weshalb *er* auf dem Dach auf der Gegenfahrbahn zum Liegen gekommen ist und nicht *wir.* Die deutschen Touristinnen sind mit dieser Erklärung zufrieden und klatschen und schunkeln beruhigt mit Sagars Gesängen mit, während der Direktor neben mir vor sich hin schimpft und der Botschaftsassistent ebenso mantraartig wiederholt: Morgen reiche ich meine Versetzung ein, morgen reiche ich meine Versetzung ein, morgen reiche ich meine Versetzung ein!

Bei einer Raststation nach der nächsten Mautstelle bleibt der Busfahrer kurz stehen, biegt zusammen mit dem Busgehilfen das eingedrückte Blech des Kotflügels wieder heraus und kontrolliert die Unversehrtheit der Radaufhängung. Ich hüpfe raus, hole mir bei dem Restaurant eine große Flasche Kingfisher-Bier, die ich in zwei Schlucken austrinke.

Bis Delhi spricht dann kaum jemand ein Wort. Dass wir bald da sind, merken wir aber am fauligen Kläranlagengeruch, der sich im Bus ausbreitet und der vom offenen Abwasserkanal Delhis kommt, dem Najafgarh Drain, der, laut Simon, circa sechzig Kilometer lang und bis zu dreißig Meter breit ist, ein Strom aus Scheiße, Chemikalien, Plastikmüll und Schlamm, der in den heiligen Fluss Yamuna mündet. Ich muss an die Männer denken, die am Nachmittag darin hockten und kleine Schlucke davon aus ihren zu Schüsseln geformten Händen tranken.

Bevor ich um drei Uhr am Morgen ins Bett falle, tausche ich noch meinen Verband, in der Hoffnung, mir nichts eingefangen zu haben, schlucke ein paar Kohletabletten, weil ich mir was eingefangen habe, tropfe mir die roten Augen ein und denke beim Einschlafen: Morgen Abflug Richtung Varanasi. Aber diesmal erst am Abend, wie mir Ramesh mit seiner herzlichen Art auf die Mailbox geredet hat: Hello my friend, regarding your trip to Varanasi, undsoweiter.

Über dem Bett in meinem Zimmer baumelt ein Hakenkreuz-Mobile. Auch auf der Bordüre der Tapete sind Hakenkreuze aufgedruckt. Vom Fenster aus kann ich ein Stückchen des Ganges sehen. Ich habe mich noch etwas ausgeruht, bevor wir aufbrechen. Auf dem Gang vor meinem Zimmer liegen Menschen. Manche schlafen, andere dösen vor sich hin und lachen mich an, während ich über sie drübersteige.

Wollen wir noch was essen, bevor es losgeht?, sagt der Direktor, der an der Rezeption schon auf mich wartet. Ich habe Hunger, noch und nöcher!

Ja, sage ich und denke mir: Die Frage ist nur, was.

Bis zum Ganges runter sind es eigentlich nur ein paar Schritte, in der mit Menschen vollgestopften Gasse kommen wir aber sehr langsam voran.

Nach Varanasi reisen täglich eine Million Pilger, sagt der Direktor. Also an normalen Tagen. An

Festtagen kann es ein Vielfaches sein. Die Gasse ist am Rand dicht gesäumt mit Straßenküchen, Souvenirläden und Beträumen, die man mieten kann, gemauerte, schuhschachtelförmige, an der Vorderseite offene Kammern, die mit Kerzen und geschmückten Heiligenfiguren vollgerammelt sind und Platz für nur eine Person bieten. Dazwischen schneiden Friseure Männern die Haare, stutzen und fassonieren Bärte. Ein Straßenzahnarzt legt auf einem Fetzen seine Instrumente auf: Zangen, ein Schminkspiegel, Schmirgelpapier, Feilen, eine Tube Superkleber und eine Schale mit fertigen Gebissen und einzelnen Zähnen. Neben ihm sitzt ein Mann auf einem Hocker, dem ein anderer mit einem Werkzeug, das aussieht wie eine überlange, dünne Pinzette, einen Pfropfen aus seinem Ohr zieht. Beide begutachten das entfernte Teil zufrieden. In der Auslage eines Souvenirgeschäfts liegt ein Hund und schläft. Er hat sich einfach mitten in die angebotene Ware hineingelegt, zwischen bunten Holz-Tuk-Tuks, Körben mit geschnitzten Bleistiften, Schlüsselanhängern und orangenen Büchsen, die er als Kopfpolster benutzt. Dass Tiere hier Narrenfreiheit genießen, gefällt mir. Selbst die Tiere, die wir bei uns zu Hause vernichten, werden hier gehegt und gepflegt. Zwischen den abgelegten Gottheiten neben Bäumen stehen mit violetten und gelben Blüten geschmückte Teller und Schüsseln, die regelmäßig mit Sirup gefüllt werden, um die sich Wespen und unzählige andere Insekten tummeln. Es könnte ja der Großvater dabei sein. Wir kommen näher zum Fluss und die Gasse wird breiter. Vom Ganges weg führen stufenförmige Terrassen, die sogenannten Ghats, zu einer sogenannten Pizzeria. Wir entschließen uns, hinaufzugehen, um dort zu essen. Auf der unteren Stufe sitzt neben vielen anderen ein Mann um die dreißig. Er trägt nichts als ein Tuch um die Hüfte, unter dem sein ledriger Zumpf heraushängt, und nur einen Schlapfen an seinem Fuß. Der andere liegt ein paar Meter entfernt. Er schwankt mit dem knochigen Oberkörper hin und her, aus seinem Mund quillt Schaum, die Augen sind verdreht und er jammert leise.

Es kommen viele zum Sterben hierher, sagt der Direktor, in Varanasi zu sterben gilt als direkter Weg zur Erlösung. Als wir bei der Pizzeria oben ankommen, drehe ich mich noch mal um. Der Mann ist bereits umgekippt und ein anderer zieht den leblosen Körper an einem Bein wie einen Mehlsack von der Stufe hinunter in den staubigen Boden. Wir bestellen uns zwei Pizza Margherita und zwei

Cola. Bier will uns der Wirt auch nach mehrmaligem Nachfragen nicht bringen, in Sichtweite des Ganges ist es verboten, Alkohol zu trinken – aber um die Ecke kann man sich eines kaufen, sagt er.

Gut zu wissen, sagt der Direktor, für später!

Wir gehen zum Ufer, wo das Boot schon auf uns wartet, das uns zum Manikarnika Ghat bringen soll. Das Manikarnika Ghat ist das wichtigste Verbrennungsghat für gläubige Hindus. Hier wird der Kreislauf der Wiedergeburt beendet und es erfolgt die Erlösung. Das Feuer hier brennt schon immer, sagt der Direktor, zumindest gibt es keine Aufzeichnungen dazu, wie lange es schon durchgehend brennt, angeblich sind es dreieinhalbtausend Jahre. Wir steigen in das Boot ein und legen ab, vorher haben wir uns noch zur Stärkung bei einem Kiosk die beliebten Maggie-Masala-Instant-Nudeln gekauft. Der Bootsführer gießt uns heißes Wasser in den Plastikbecher und fährt los. Wir fahren an einem Kraftwerk vorbei, das eigentlich kein Kraftwerk ist, wie der Direktor sagt, sondern eine Wasseraufbereitungsanlage. Die Trinkwasserversorgung erfolgt direkt aus dem Ganges und wird hier mit dieser Wasseraufbereitungsanlage gefiltert. Woher das Wasser kommt, das uns der Bootsführer auf die Maggie-Masala-Instant-Nudeln gegossen hat, weiß ich nicht, aber der Direktor scheint unbesorgt zu sein. Die Brücke, unter der wir durchfahren, ist noch einige Meter über dem Geländer mit Stacheldraht versperrt.

Viele können es sich nicht leisten, ihre Angehörigen am Ghat verbrennen zu lassen, sagt der Direktor. Um doch irgendwie in den Ganges zu kommen, werden die Toten nachts von den Brücken geworfen. Damit das nicht mehr so oft passiert, haben die Behörden bei den Brücken die Stacheldrahtsperren aufgezogen.

Wir kommen am Dashashwamedh Ghat vorbei, wo gerade vor Tausenden Zuschauern und Gläubigen die tägliche Ganga Aarti stattfindet, eine Zeremonie, bei der riesige, mit Öllichtern bestückte Kandelaber geschwenkt werden, begleitet von rituellen Gesängen und Tänzen. Wir fahren weiter zum Manikarnika Ghat, wo durch die sogenannten Domra die Verbrennungen stattfinden. Ich komme mir etwas seltsam vor, dabei zuzusehen, wie die Domra auf geschlichteten und gestapelten Ästen die eingewickelten Körper legen, während ich mir den Plastiklöffel mit den Maggie-Masala-Instant-Nudeln in den Mund schiebe.

Interessant finde ich, sagt der Direktor, dem eine Instant-Nudel am Kinn kleben geblieben ist, die unterschiedlichen Dinge, auf die die Leute stolz sind, nicht wahr? Wir sind stolz auf unsere Berge, den Wörthersee, das Riesenrad und die Mannerschnitten, hier sind sie stolz auf die Verbrennungsplätze, die Krematorien und den Totenkult.

Das Wort Langzeitsterblichkeit fällt mir ein, und dass das Prinzip Wiedergeburt allein schon wegen des Pensionssystems in Österreich undenkweil unfinanzierbar ist, denke ich mir und höre dabei die monotone Stimme eines beliebigen österreichischen Finanzministers der Zweiten Republik.

Ein Mann zündet mit einem Scheit und dem ewigen Feuer den Holzstapel an. Der herunterhängende Zopf der aufgebahrten Frau entzündet sich wie die Lunte einer Silvesterrakete. Der Geruch erinnert mich an etwas Angenehmes, ich komme nicht gleich drauf, was es ist, dann fällt es mir wieder ein: ans Kino. Genauer gesagt ans Kinofoyer, wo meistens die Popcornmaschinen stehen. Es riecht nach und nach wie verbranntes Popcorn.

Das kommt daher, weil die Leichen vor dem Anzünden mit Ghee eingerieben werden, sagt der Direktor, das ist eine Art Butterschmalz, damit sie besser und gründlich verbrennen. Die halb volle Maggie-Masala-Instant-Nudelschüssel schmeiße ich in den auf dem Boden stehenden Mistkübel, der mit verschiedenen Plastikverpackungen voll ist und schon übergeht.

Von mir aus können wir wieder zurückfahren, sage ich zum Direktor und frage mich, wie es der Schriftsteller Josef Winkler seinerzeit ausgehalten hat, hier monatelang Tag für Tag zu sitzen, die Vorgänge zu beobachten und alles haarklein be- und aufzuschreiben, die Zelebrierung dieses Übergangsortes, im ununterbrochenen Graupelschauer aus Sandelholz- und Menschenasche, die unverbrannten leiblichen Überreste, meistens Beckenknochen und Brustkörbe, die im Kloakenwasser des Ganges versenkt werden, das Gläubige allen Alters mit ihren Händen herausschöpfen, gurgeln und hinunterschlucken, mehrere Male hintereinander gurgeln und hinunterschlucken, unter ihren Achseln verteilen und über ihre Köpfe schöpfen, die kopfüber hineinspringen in den Fluss, auf- und wieder untertauchen, die Brühe aufsaugen und in einer Fontäne wieder ausspucken, oder nicht ausspucken, sondern hinunterschlucken, den nicht versiegenden Strom aus her- und weggeschafften Leichen jeden Alters, vom Baby bis zum Greis, ununterbrochen, ohne sich selbst irgendwann wie auch immer wegschaffen zu wollen, und der, wie mir Ramesh im runtergekühlten Taxi auf dem

Weg zum Khan Market in Delhi lachend erzählt hat, auch tatsächlich eigenhändig von ihm weggeschafft werden musste, nachdem ihn Winklers Frau angerufen und angefleht hatte: Holts mir den Pepi da raus, sonst schnappt er mir noch um!

Der Direktor gibt dem Bootsführer ein Zeichen und wir fahren zurück. Plötzlich bin ich entsetzlich müde. Ich kann mich nicht erinnern, wann ich das letzte Mal so müde war. Es ist diese Art Kindheitsmüdigkeit, diese Mattheit, die einen überfallen hat an einem langen Sommerferientag im August, nachdem einen die Sonne und das stundenlange Schwimmen im eiskalten Schotterteich ausgelaugt haben und man nach einer Jause und einem heißen Kakao im Bett gelegen ist, in seinem Frotteepyjama mit aufgedruckten Teddybären, halb hineingegangen in die frisch gewaschene und duftende Bettwäsche, die die Mutter aufgezogen hat, mit dem kribbelnden, leicht tauben Gefühl in den Armen und Beinen, bis es einem die bleischweren Augenlider endgültig hinunterdrückt und man hinüberrutscht in den Übergangsort zwischen Wachsein und Schlaf, in dem der gelebte Tag noch einmal geträumt wird, ein bisschen bunter vielleicht, ein bisschen abenteuerlicher, größer und bedeutender, bis auch der geträumte Tag ausgeträumt ist und man endgültig einschläft und das Bewusstsein verliert.

Habe ich vielleicht Fieber?, denke ich, aber ich merke seit Wochen keinen Unterschied mehr und hier bei immer noch über dreißig feuchtheißen Grad, obwohl es schon mitten in der Nacht ist, merke ich es noch weniger. Auf dem Weg zurück ins Hotel hake ich mich beim Direktor unter wie eine alte Frau, die sich über den Zebrastreifen helfen lässt. Selbst die Einladung auf ein Kingfisher, ein paar Gassen weiter hinten, wo der Ganges und der ganze Tod schon fast wieder vergessen sind, nehme ich nicht an, sowie mehrere Angebote von bunten Ausgaben von Hitlers »Mein Kampf«, die mir Straßenbuchhändler, die ihre Bücher meterhoch auf dem Boden gestapelt haben, lachend knapp vor das Gesicht halten, schlage ich aus und will ich mir nicht mehr anschauen, so wie die inmitten des Drecks und Staubs hochglanzpolierten Royal Enfield Bullets, an denen ich mich sonst nicht sattsehen kann, mich nicht mehr interessieren oder die bunt geschmückten Kamele, die an uns vorbeitrotten, weil ich jetzt wirklich satt bin. Satt und müde.

Am nächsten Tag fliegen wir zurück nach Delhi, von wo ich direkt ein paar Stunden auf den Rückflug nach Österreich warte. Auf der vierspurigen Autobahn kommt uns ein Lastwagen rückwärtsfahrend entgegen, aber ich wundere mich nur mehr ein bisschen. In Delhi kann ich mich noch von Ramesh verabschieden, der mich lange in die Arme nimmt, in seinen weichen Marshmallowkörper drückt und sagt: God bless you, my friend.

Der Direktor sagt, es war mir eine Freude, Sie kennenzulernen!

Mir auch, sage ich, noch und nöcher!

Nach dem Start hole ich das Bordmagazin der Austrian Airlines aus dem Fach der Rückenlehne meines Vordermannes heraus und blättere darin herum. Der Kulturteil trägt in verschiedenen Buchstabenfarben die Schlagzeile: Besuchen Sie das kunterbunte Indien!

Als ich mich einmal in die Pornodarstellerin August Ames verliebte

Seit der Scheidung hatte ich die Kinder nur mehr jedes zweite Wochenende. An diesen Rhythmus und die neu gewonnene Freizeit musste ich mich erst gewöhnen. So wie an die betroffenen Blicke der Verwandten, gemeinsamen Freunde und Arbeitskollegen, an die darauf folgenden Verlegenheitsfloskeln, das Um-den-heißen-Brei-Herumgerede und die abwechselnd angefressenen oder verheulten Gesichter der Kinder. Enkel sind die Rache der Eltern an ihren Kindern, dachte ich oft in dieser Zeit. Auf die unvermeidliche Frage nach dem Warum antwortete ich meistens: Die Wife-Life-Balance hat nicht mehr gepasst. Da war der- oder diejenige froh, erleichtert lachen zu können. Wir hatten uns auch gar nicht auseinandergelebt, wie üblicherweise gesagt wird, es gab auch keine sogenannten unüberbrückbaren Differenzen oder eine Ehezerrüttung. Ich würde sagen, wir waren ein eingespieltes

Team mit perfekt durchgetaktetem Zeitplan, mit gerechter Ein- und Aufteilung alltäglicher Erledigungen, regelmäßiger Terminwahrnehmungen und der Kinderbetreuung. Trotzdem oder deswegen ist die Beziehung »eingeschlafen«, wie meine Frau mir und allen, die es wissen wollten, warum wir uns denn nach all den Jahren getrennt hatten, wir seien ja das perfekte Paar gewesen, als Trennungsgrund angab, womit sie im Grunde recht hatte. Das Einschlafen der Beziehung konnte ich am ehesten mit dem Einschlafen einer Extremität vergleichen, wo man erst bemerkt, dass sie eingeschlafen ist, wenn man nachts wach wird und sich mit der eingeschlafenen Hand im Gesicht kratzen oder mit dem Bein die Tuchent zur Seite schieben will und es nicht funktioniert. Anfangs reicht ein leichtes Schütteln, damit sie wieder durchblutet wird, aber mit der Zeit hält die Taubheit immer länger an. Bis sie, wie bei einer Zuckerkrankheit, durch Verstopfung der Venen und Arterien gar nicht mehr durchblutet wird und abstirbt. Wobei mit dem Einschlafen der Beziehung meistens das Einschlafen des Sexlebens gemeint ist. Und ist einmal das Sexleben eingeschlafen, schläft auch die Wertschätzung dem anderen gegenüber ein, wird jede Handlung dem anderen gegenüber beeinflusst, die Haltung und sogar die Körperhaltung, wie man dem anderen zum Beispiel beim Reden gegenübersteht, ändert sich, eine dem anderen Körper abgewandte Körperhaltung nimmt man ein, die sich der inneren Haltung anpasst, ob man will oder nicht, eine plötzliche Distanz dem anderen gegenüber wird spürbar, wo es viele Jahre vorher überhaupt keine Distanz gegeben hat, sondern nur eine perfekte und selbstverständliche Vertrautheit untereinander, die man als »normal« wahrgenommen hat. Ein allgemeines Übereinkommen, das völlig ohne Worte funktioniert hat und plötzlich auch mit noch so vielen Worten nicht und nicht herzustellen ist. Je härter wir versucht haben, das Übereinkommen mit Worten wiederherzustellen, umso größer ist die Distanz geworden. Je häufiger und länger die Diskussionen darüber, desto tiefer ist das Sexleben eingeschlafen, bis wir es endgültig ins Koma hineingeredet haben und ein Aufwecken ein unüberwindbares Hindernis geworden ist. Unser Sexleben lag im Tiefschlaf, und ich konnte im Gegensatz dazu Nacht für Nacht nicht einschlafen, weil ich darüber nachgegrübelt habe, wie diese selbstverständliche Vertrautheit unter uns wiederherzustellen ist, aber in Wirklichkeit konnte ich nur über den eigenen Verlust der selbstverständlichen Vertrautheit meiner Frau gegenüber nachdenken, was schon nicht funktioniert hat, geschweige denn über den Verlust der selbstverständlichen Vertrautheit meiner Frau mir gegenüber, worüber ich am Ende überhaupt nichts in Erfahrung bringen konnte, trotz der unzähligen Worte, die wir verloren und der Diskussionen, die wir darüber geführt hatten. So, wie uns die selbstverständliche Vertrautheit in der Kommunikation verlustig gegangen ist, ist uns gleichzeitig auch die selbstverständliche Vertrautheit im Sexuellen verlustig gegangen. Schon allein die Anbahnung zum Sex war eine Tortur, weil ich sofort gedacht habe: Wenn ich ihr jetzt über den Nacken und die Schulter streiche, denkt sie sofort, er streichelt mir den Nacken und die Schulter nur zur Anbahnung zum Sex. Und, denke ich mir weiter, dass sie denkt, dass ich mir denke, dass sie sich das denkt undsoweiter. Auch wenn sie sich in Wirklichkeit denkt, endlich streichelt er mir die Schulter, endlich will er wieder Sex mit mir! Das hätte ich mir ja auch denken können bei der Anbahnung! Da ist es aber schon zu spät, da habe ich mir schon das Erstere gedacht und eine unüberwindbare Distanz gespürt, die die Möglichkeit, Sex zu haben, sofort zerstört hat. Mit jedem gescheiterten Versuch, Sex zu haben, ist auch jede Berührung, die diesen Versuch andeuten sollte, befremdlich geworden, bis jede Berührung, auch ohne Andeutung, Sex haben zu wollen, fremd geworden ist. Und ist es trotzdem durch einen merkwürdigen Fall von Restgeilheit zu einem Vorspiel gekommen, ist es mangels eines Ständers meinerseits erst gar nicht darüber hinausgegangen, weil sich, wie bei einer Panikattacke, meine Gedanken wild im Kreis gedreht haben, während meine Frau wild an meinem Penis gezerrt und gezogen hat, wahrscheinlich, um uns mit dem wilden Zerren und Ziehen eine wilde Leidenschaft vorzugaukeln, vor allem aber sich selbst, genauso wie ich wild an ihrem Kitzler gerubbelt und gedrückt habe, als wollte ich damit endlich ihre selbstverständliche Vertrautheit mir gegenüber wieder einschalten, dachte ich. Bei einer Panikattacke denkt man sich panisch: Nur keine Panik bekommen, nur keine Panik bekommen! Beim Vorspiel habe ich mir gedacht: Nur einen Ständer bekommen, nur einen Ständer bekommen! Was kommt, ist natürlich die Panik, der Ständer und die selbstverständliche Vertrautheit bleiben aus. Je öfter sich so ein Vorfall ereignet, desto größer ist die Wahrscheinlichkeit, dass sich erneut kein Ständer ergibt, und je öfter sich kein Ständer ergibt, desto größer wird die Distanz zwischeneinander, bis man bei dem Versuch, Sex zu haben, unten für immer weich bleibt. Jeder Griff in die Unterhose des jeweils anderen ein Routineeingriff, und trotz der vorher schon zigmal vollzogenen Handlung gleichzeitig das Gefühl, sich völlig unbeholfen, patschert und grob anzustellen. Ist man dann einmal unten weich geblieben, ist es mit der mutmaßlichen männlichen Härte im Ganzen vorbei. Weiches Herz war gewünscht, unten musste man hart sein, beziehungsweise hart werden können. Fragen, die man sonst dem anderen gestellt hat, stellt man sich nur mehr selbst: Passt man noch zusammen oder passt man nicht mehr zusammen? Vielleicht hat man überhaupt nie zusammengepasst? Vielleicht ist die Beziehung von Anfang an ein Irrläufer gewesen? Vielleicht ist der Lebensgefährte der Lebensverkehrte geworden über die Jahre?, wie eine Freundin meiner Frau immer zu ihr gesagt hat. Bei der Eheberatung, die wir zur Rettung der Beziehung ausprobierten, aber nur ein einziges Mal, hatte die Eheberaterin meine Frau gefragt: Was empfinden Sie, wenn Sie Ihren Mann berühren?

Darauf sagte meine Frau: Kennen Sie das, wenn Sie dringend aufs Klo müssen, aber alle Kabinen besetzt sind, dann endlich eine Tür aufgeht, Sie sofort hineinschlüpfen, nachdem die Person, die Sie vorher noch nie gesehen haben, die Kabine verlassen hat, Sie so schnell wie möglich die Hose hinunterziehen, bei der der Knopf natürlich nicht gleich aufgeht, dabei von einem Bein auf das andere steigen, weil Sie schon so dringend müssen, Sie sich dann endlich hinsetzen und merken, dass die Klobrille von den Oberschenkeln der Vorderfrau noch warm ist? Oder noch schlimmer: lauwarm? Kennen Sie das? Das empfinde ich, wenn ich meinen Mann berühre, wie wenn man sich auf diese lauwarme Klobrille draufsetzt.

Was ich natürlich nicht auf mir sitzen lassen habe können und gesagt habe: Was für ein Zufall, mir geht es ähnlich, da merkt man, dass wir schon so lange zusammen sind! Es heißt ja immer, dass Paare, die schon lange zusammen sind, einander immer ähnlicher werden, nicht wahr? Der einzige Unterschied bei mir ist, dass ich das Berühren meiner Frau nicht mit dem Gefühl, mich auf eine lauwarme Klobrille zu setzen, verbinde, sondern damit, dass ich beim Hinsetzen die Klobrille an der Innenseite mit meiner Penisspitze berühre!

Darauf hat die Eheberaterin gesagt, wir sollen wiederkommen, wenn wir die Angelegenheit ernst nehmen. Sie hatte recht, wir hatten die Eheberatung nicht ernst genommen und unser Problem verwitzelt, wenigstens hatten wir beide seit Langem wieder gemeinsam lachen und uns an unser erstes Treffen erinnern können, bei dem sie gesagt hatte: Liebe, wenn es keine unglückliche ist, wirkt wie Schmerz, nur genau gegenteilig.

Du meinst also, wie wenn man mit dem Schienbein in die Tischkante tritt und anstatt zu schreien einen Ständer kriegt?, sagte ich.

Ja, so in der Art, sagte sie und lachte, ich hätte wohl eher Herzklopfen gekriegt und keinen Ständer.

Da wusste ich: Die Frau will ich und habe es auch genau gespürt, dass sie mich auch will, was ein seltener Glücksfall ist. In der Regel ist das Habenwollen einseitig, die Literaturgeschichte ist voll von einseitigem Habenwollen mit meist tragischem Ende, und nicht nur die. Während wir darüber redeten und lachten, habe ich versucht, mich an dieses Habenwollen zurückzuerinnern, und habe gemerkt, dass auch meine Frau für einen Moment versucht hat, sich an das Habenwollen zurückzuerinnern, was uns beiden leider nicht gelungen ist und wir kurz darauf wieder in unser gewohntes Schweigen verfallen sind. Das letzte Gespräch, das wir führten, hatte meine Frau mit dem Satz

»Wir müssen reden« begonnen. Kurz darauf bin ich ausgezogen.

An die neu gewonnene Freizeit musste ich mich, wie gesagt, noch gewöhnen. Vorher musste ich mich aber erst von meiner Frau entwöhnen, wobei ich mir schwertat, weil ich zwar ein sogenanntes Gewohnheitstier war, wie meine Frau immer sagte, aber ich mich natürlich auch und gerade deshalb an Neues nur schwer gewöhnen konnte. Der Begriff »Neue Gewohnheiten« war für mich ein Widerspruch in sich, das verursachte in meinem Gehirn einen Kurzschluss. Ich hatte mich daran gewöhnt, außerhalb von Job und Familie keine Gewohnheiten zu haben. Aufmunterungen meiner Frau, ich solle mir eine Freizeitbeschäftigung suchen, ein Hobby, ignorierte ich. Mir war es recht, so wie es war. Noch Wochen nach meinem Einzug in die neue Wohnung ertappte ich mich dabei, wie eine zufällig hereingeflogene Taube in der Mitte des Zimmers zu stehen, unmotiviert von einer Seite zur anderen zu gehen oder grundlos aus dem Küchenfenster zu schauen. Weit ist es gekommen mit mir, dachte ich mir dann, jetzt gehöre ich zu dem Teil der Menschheit, der aus Einsamkeit, Langeweile oder fehlendem Bewusstsein aus dem Fenster schaut und in die sogenannte Leere starrt. Erst nach Monaten und nach vollständiger Einrichtung und Möblierung stellte sich wieder so was wie ein gewohnter Alltag ein, der mich beruhigte. Jetzt bemerkte ich, dass ich seit Monaten so gut wie keine sozialen Kontakte gepflegt hatte, wie man so schön sagt, ich mit niemandem auf ein Bier gegangen war, die Lust auf Bier, auf Alkohol, ein Besäufnis, auf Gesellschaft, die Lust im Allgemeinen und auf Sex im Speziellen, komplett betäubt gewesen war die letzten Monate. So wie beim ersten Mal in meinem Leben passierte es mir auch diesmal mehr zufällig, als dass ich mich bewusst dafür entschied. Ich muss so um die elf Jahre alt gewesen sein, schätze ich mal. Es war Vormittag, die Eltern waren unterwegs, um den Wochenendeinkauf zu erledigen, und ich schaute mir im Wohnzimmer auf dem Sofa gelangweilt eine Tiefseedokumentation an. Gerade wurde über den Nautilus berichtet. Während eine sonore Männerstimme über die Seltsamkeiten des Nautilus sprach, hatte ich die rechte Hand in der Unterhose und spielte, genauso gelangweilt, wie ich die Tiefseedokumentation anschaute, mit meinem Penis. Mit der linken musste ich die Nachbarskatze Minki verscheuchen, auf die ich aufzupassen hatte, weil die Nachbarin, in der

Hoffnung, dass ihr die Gottesmutter erscheine, über das Wochenende mit einem Pilgerreisebus nach Medjugorje gefahren war. Die Auf-und-ab-Bewegung meiner rechten Hand in der Unterhose weckte Minkis Jagdtrieb, der sie andauernd hinter dem Sofakissen, wo sie gelauert hatte, urplötzlich hervorspringen und mit ausgefahrenen Krallen zwischen meine Beine hüpfen ließ. Ich hatte schon einige blutende Kratzer auf dem Oberschenkel, als ich sie bei einer erneuten Attacke gerade noch am Genick schnappen und damit verhindern konnte, dass sie mir in die Hoden biss. Ich schmiss die laut miauende Minki ins Vorzimmer und legte mich nun entspannter auf das Sofa. Ich fing wieder an, mit meinem Penis zu spielen, und gaffte in den Fernseher. Ich sah gerade, wie ein Nautilus langsam aus der Tiefe und Finsternis des Meeres an die Oberfläche auftauchte, und die Stimme sagte: Ausgewachsene Perlboote erreichen einen Gehäusedurchmesser von bis zu dreiundzwanzig Zentimeter und ein durchschnittliches Gewicht, einschließlich Gehäuse, von bis zu tausendsechshundertfünfundsiebzig Gramm. Ausgewachsene Männchen sind stets breiter und größer als ausgewachsene Weibchen. Das maximale Alter kann bis zu zwanzig Jahre betragen, hörte ich noch, als plötzlich ein Gefühl in mir aufstieg, das ich in meinem Leben vorher noch nicht gespürt hatte. Mein Körper krümmte sich wie der Nautilus beim Auftauchen, meine Augen pressten sich zusammen, in den Waden und über den Zehen bekam ich einen Krampf und ein stechender Kopfschmerz fuhr mir in die Schläfen und trotzdem fühlte es sich intensiv und schön an, aber nur für ein paar Sekunden, dann blieb ich verdutzt und mit pochendem Schläfenschmerz auf dem Rücken liegen und schaute auf die Holzpaneele der Wohnzimmerdecke, die ich mit meinem Vater selbst montiert hatte, beziehungsweise gezwungen gewesen war, ihm dabei zu helfen, sie selbst zu montieren, die Hilfe aber nur aus abwechselndem Zureichen der Edelstahlstifte, der Holzpaneele und des Hammers bestand, was ich aber auch nicht gescheit zusammenbrachte, wie mir mein Vater Dutzende Male genervt bestätigte. Aus meiner Harnröhre war ein Bläschen herausgetreten, das wie Spucke aus dem Mund eines alten Menschen aussah. Das war also mein erster unverhoffter Orgasmus durch versehentliche Masturbation gewesen, der mich ab diesem Zeitpunkt in das Gefängnis der hormonell verursachten Geilheit sperrte. Bis zur Pubertät ist man frei, dann nicht mehr, dachte ich. Dann zottelt man in größenwahnsinniger Selbstüberschätzung, geil, verliebt und natürlich vergeblich jenen Mädchen hinterher, bei denen man von vornherein schon wissen hätte müssen, nie auch nur die geringste Chance zu haben, mit ihnen in den ersehnten sexuellen Kontakt zu *geraten*, weil wenn es doch einmal einem gelang, dann geriet er nur durch Zufall oder reines Mitleid in einen sexuellen Kontakt, weshalb man am Ende des Tages, wie die Politiker gerne sagen, mit sich selbst vorliebnehmen musste.

So musste ich auch diesmal wieder mit mir selbst vorliebnehmen, und auch diesmal passierte es mir wieder mehr zufällig. Nicht, dass ich gleich auf eine Gratis-Pornoseite ging, nein, ich tippte bei Wikipedia das Wort »Masturbation« ein, so wie andere aus Neugier oder Langeweile oder meistens aus beidem ihren eigenen Namen und ihr Geburtsdatum eintippen, um zu sehen, welche Berühmtheit so heißt beziehungsweise so hieß wie sie und was an ihrem Geburtsdatum Bedeutendes passiert ist. Das war wohl auch einer Gewohnheit aus meiner Jugend geschuldet, wo Pornos noch nicht ständig und gratis im Internet verfügbar waren. An die Hefte kam man schwer ran, erstens waren sie zu teuer, zweitens wäre es zu peinlich gewesen, in der Dorftrafik darin zu stöbern, wo einen der Inhaber seit der Kindheit kannte, von dem man noch vor Kurzem die Stollwerck-Zuckerl geschenkt bekommen hatte, und drittens hätte man sie ohnehin nicht verkauft bekommen. Blieben einem nur der Diebstahl, und dafür war ich zu feige, oder ältere Brüder und Cousins als Lieferanten. Mitte der achtziger Jahre hatte auch noch nicht jeder Haushalt einen VHS-Videorekorder und einen in dem Haushalt lebenden Vater, der in einem »Geheimversteck« seine Pornos lagerte. Die Freunde mit solchen Vätern beneidete ich zutiefst, ich hatte zwar auch einen Vater mit VHS-Videorekorder, in seinem öffentlich für alle zugänglichen Videokassettenschrank lagerten aber statt der Mutzenbacher-Filme nur per Hand beschriebene Videokassetten mit den vom öffentlich-rechtlichen Fernsehen selbst aufgezeichneten Titeln »Luftschlacht über Moskau«, »Der Pate eins bis drei« und alle fünf Teile der Don-Camillo-und-Peppone-Filmreihe. Deshalb musste ich, angefixt vom ersten, durch Zufall ausgelösten Orgasmus, als Masturbationsbehelf auf die Erwachsenenliteratur aus dem Bücherregal meiner Mutter zurückgreifen. Die bestand leider aus genau nur einem Buch: »Lady Chatterley« von D. H. Lawrence. Ohne es natürlich genau wissen zu können, war ich wohl weltweit als literarischer

Wichser einzigartig. Nach kurzer Zeit war ich technisch derart versiert, dass ich während des Masturbierens fast ohne Unterbrechung umblättern konnte. Ein paar Jahre später, als ich schon lange ein Masturbationsprofi war, tauchte das bis dato tabuisierte Thema prominent in meiner Familie auf. Mein älterer Bruder war nach einem Autounfall arbeitsunfähig geworden beziehungsweise hatte er mindestens fünfzig Prozent seiner Arbeitsfähigkeit aufgrund einer gesundheitlichen Einschränkung verloren, wie es in dem Brief der Pensionsversicherungsanstalt geheißen hatte. Weil er Vollinvalide war, durfte er nichts dazuverdienen, ohne zu riskieren, dass ihm die Invalidenpension wieder entzogen wurde. Er war aber noch relativ jung, so um die vierzig, und wollte irgendetwas anderes tun, als mit den restlichen sogenannten Frühpensionisten und Langzeitarbeitslosen um neun Uhr vormittags auf der Tankstelle Karten zu spielen und schon bis Mittag fünf Bier zu trinken. Deshalb übernahm er Hilfsarbeiten für alleinstehende Frauen, erledigte für sie den Einkauf oder brachte sie zum Arzt und holte sie wieder ab, mähte die Rasen in den Gärten von Einfamilienhäusern, stutzte die Sträucher, beizte die Holzbretter von Gartenhütten und Hausbänken ein, lackierte Gartenzäune um und half bei sonstigen allfälligen Hausarbeiten. Dafür bekam er das Geld schwarz und bar auf die Kralle, wie er immer sagte. Mein Bruder kam seit dem Unfall täglich zu meinen Eltern mittagessen. Eines Tages saßen wir am Wochenende in der Küche um den kleinen Tisch und löffelten unsere Leberknödelsuppen, als mein Bruder sagte: Ach ja, ich arbeite jetzt im Guckloch.

Was heißt, du arbeitest jetzt im Guckloch?, sagte meine Mutter.

Im Guckloch halt, sagte mein Bruder, mir ein bisschen was dazuverdienen.

Was machst du da bitte! Im Guckloch!, sagte meine Mutter.

Was man als Kassier so macht, sagte mein Bruder. Geld wechseln, die Münzautomaten für die Vorhänge ausleeren undsoweiter.

Mein Vater schlürfte die viel zu heiße Suppe aus seinem Löffel und sagte nichts. Er konnte gleichzeitig auf den Löffel blasen und schlürfen.

Wieso sagst du nichts!, sagte meine Mutter zu ihm. Immer sagst du nichts! Hast du nicht gehört? Guckloch! Im Guckloch arbeitet der! Das kann ich doch keinem sagen, dass der im Guckloch arbeitet! Also, nein, wirklich, im Guckloch! Muss das denn sein!

Ich wusste, dass, wenn es um meinen Bruder ging, mein Vater sich dachte: Jetzt auf einmal soll ich was sagen, wo ich sonst immer nie was sagen soll.

Meine Mutter sagte noch einige Sätze, in denen das Wort *Guckloch* mehrmals vorkam, mein Vater zuckte mit den Schultern, blies und schlürfte gleichzeitig, und mein Bruder lachte, während er sich mit dem Zahnstocher die Leberknödelstückchen und die Petersilie zwischen den Zähnen herauskletzelte.

Na dann!, sagte er, Schade Marmelade!, stand auf, schlüpfte in seine Holztöffler und verabschiedete sich mit: Ciao Kakao!

Das hatte sich auch plötzlich nach seinem Unfall eingebürgert, die Benutzung dieser halblustigen Floskeln und Kalauer, die er abwechselnd beim Abschied bei uns anbrachte. Zusätzlich zu »Schade Marmelade« und »Ciao Kakao« kam noch »Gute Reise Eierspeise« dazu. Anfangs beschwerten wir uns noch, jetzt überhörten wir sie einfach.

Das Guckloch, in dem mein Bruder aushalf, war eine Peepshow. Und weil man dort gegen Geld zeitlich begrenzt durch ein Fenster nackte Frauen anschauen und sich dabei einen runterholen konnte, wurde die Peepshow im Volksmund Guckloch genannt. Die Peepshow vulgo Guckloch war in Fußnähe vom Bahnhof der Bezirkshauptstadt erreichbar. Nachdem ich erfahren hatte, dass mein Bruder dort aushalf, besuchte ich ihn natürlich gleich bei seinem nächsten Dienst am Samstagvormittag, wo ich mich sonst alleine nie hineingetraut hätte. Das Gebäude sah von außen unscheinbar aus und war früher eine Filiale der in Konkurs gegangenen Supermarktkette Konsum gewesen. Über einem Schaukasten, in dem von der Sonne ausgebleichte Fotos von nackten Frauen mit Namen wie Kylie, Montana oder Samanta hingen, die in Wirklichkeit aber Ljubomira, Bilyana oder Bogdana hießen, konnte man an der Fassade noch die Buchstaben des entfernten Konsum-Logos erkennen. Männer näherten sich wie zufällig entlangschlendernde Spaziergänger dem Gebäude, gingen vor dem Eingang so lange auf und ab, bis sie sich unbeobachtet fühlten, drehten, um sicherzugehen, den Kopf trotzdem noch mal auffällig unauffällig in alle Richtungen und huschten dann schnell hinein. Jeder Mann weiß zwar, dass er selbst und jeder andere, der ihm begegnet, ein Wichser ist, möchte aber trotzdem nicht mit der konkreten Masturbationshandlung in Verbindung gebracht werden, geschweige denn offen dazu stehen, weil auch jeder Mann weiß, dass selbst der Gefürchtetste lächerlich wird, wenn man sich ihn als Wichser vorstellt. Im Inneren des Gucklochs musste man sich erst einmal an die Dunkelheit gewöhnen. Die Fenster waren verdunkelt und im Raum hing nur eine mit gelbbrauner Farbe bemalte Glühbirne. Mein Bruder saß hinter einem Pult, auf dem ein Kaffeehäferl stand, das ich ihm einmal zu Weihnachten geschenkt hatte, und rauchte eine Memphis – seine Stammmarke. Als er mich sah, winkte er mich zu sich, umarmte mich und sagte: Eine Führung gefällig, Bruderherz?

Bei der Umarmung kam der abgestandene Schweißgeruch unter seinen Achseln hervor, so, als würde man den Deckel von einem Jauchefass aufmachen, und sein Atem bestand hauptsächlich aus einem Kaffee-Memphis-Gemisch. Ich sagte aber nichts, weil er nach dem Unfall seinen Geschmacks- und Geruchssinn verloren hatte und seither seine Achseln nur in unregelmäßigen Abständen wusch beziehungsweise nur dann, wenn er sich gerade daran erinnerte.

Gerne, sagte ich deshalb nur.

Hinter seinem Pult war eine Tür, die zu so etwas wie einem Aufenthaltsraum für die Frauen führte, eine Mischung aus Badezimmer, Kaffeeküche und Kantine.

Es roch nach Schinken-Käse-Toast, Filterkaffee und Nagellack.

Mein Bruder ging voraus, ich ihm dicht hintendrein.

Darf ich vorstellen, mein Bruder!, sagte er und zeigte stolz mit beiden ausgestreckten Armen auf mich. Es wunderte mich, dass er nicht: Tata! sagte, wie Kinder bei der Präsentation ihrer selbst im Faschingskostüm.

Oh, die kleine Brudi!, sagte eine Frau, die sich mir als Bogda vorstellte und sich gerade die Nägel ihrer mit rosaroten Schaumstoff-Zehentrennern unnatürlich auseinandergespreizten Zehen ebenfalls rosarot lackierte. Sie stand auf, watschelte wie ein Pinguin auf ihren Fersen zu mir und drückte mir einen Lippenstiftschmatz auf die Wange, den ich den restlichen Tag stolz trug und erst kurz vor der Wohnungstür meiner Eltern mit Spucke und dem Handrücken schweren Herzens abrubbelte. Die anderen Frauen lachten, umarmten mich, drückten mein Kinn, schüttelten damit meinen Kopf, wie es Großmütter bei ihren Enkeln tun, fuhren mit gespreizten Fingern durch mein Haar und streichelten meinen Rücken.

Auf der anderen Seite war die Tür, die zum Guckloch führte, vom Wirklichkeitsguckloch heraus in die Fantasiewelt der Männerwichsvorlagen. Der Raum war rund, in der Mitte stand ein erhöhtes, ebenfalls rundes Podest, das auf einer Scheibe montiert war, die sich langsam im Kreis drehte, damit die Männer, die durch die Fenster hereinschauten, die Frauen von allen Seiten zu sehen bekamen und ihnen keine noch so kleine Falte und nackte Stelle der Frauenkörper womöglich verborgen blieb. Die Frauen studierten auch wirklich die unnatürlichsten Verrenkungen ein, damit die Männer von den verschiedensten Blickwinkeln in jeden ihrer Körperwinkel hineinschauen konnten. Der gesamte Raum war in unterschiedlichen Rot- und Rosatönen ausgemalt. Die Kabinen hinter den Fenstern, in denen die Männer standen, erinnerten mich an eine Mischung aus Telefonzelle und Plumpsklo. Es roch nach Zigarettenrauch, Schweiß und Vanille-Wunderbäumen, die in den neunziger Jahren in jedem Golf GTI am Rückspiegel baumelten. Unter dem automatischen Vorhang und dem Schlitz für den Münzeinwurf war ein Kübel für die Taschentücher, der aber, wie mein Bruder sagte, von den Männern kaum benutzt wurde, weil die es anscheinend geiler fanden, auf den Münzeinwurfschlitz zu ejakulieren. Mein Bruder musste deswegen regelmäßig den Techniker rufen, um die verklebten Münzeinwurfschlitze zu reinigen. Er gab mir eine Zehn-Schilling-Münze und ging aus der Kabine. Ich steckte sie in den Schlitz und der Vorhang zuckelte langsam nach oben. Zum Vorschein kam Bogda, die gerade umständlich dabei war, ihren BH auszuziehen. Immer wieder ließ sie die dünnen Träger abwechselnd von ihrer linken und ihrer rechten Schulter rutschen, um sie dann wieder hochzuziehen, dasselbe machte sie mit den Kniestrümpfen ihres linken und ihres rechten Beins und dem Bändchen ihres Stringtangas, das sie einmal über die rechte und einmal über die linke Hüfte rutschen ließ und sofort wieder hochzog, dann fing sie wieder von vorne an, warf ihren Kopf in alle Richtungen, leckte sich dazwischen mehrmals mit der Zunge über ihre Oberlippe, lächelte in das Fenster, bei dem sie sich gerade vorbeidrehte und warf den Gaffern mit ausgestreckten Händen Küsse zu. Das war das oberste Gebot im Guckloch: Zeit schinden. Schließlich sollten die Besucher möglichst viele Münzen in den Schlitz werfen. Seltsamerweise fühlte auch ich mich beobachtet. Vor allem, weil ich durch die mir gegenüberliegenden Fenster die Gesichter der Männer sehen konnte. Einer biss sich die ganze Zeit auf die Unterlippe, ein anderer hatte Unterkiefer und Unterlippe nach vor geschoben und sah aus wie ein Orang-Utan. Einer hatte wohl den Mistkübel umgedreht, war raufgeklettert und man musste ihm beim Wichsen zuschauen, ob man wollte oder nicht, was mir besonders eigenartig vorkam. War das Guthaben aufgebraucht und ging ein Vorhang runter, gingen auch die Gesichter mit hinunter, damit sie jede Sekunde der hineingeworfenen Münze bis zum letzten Sehschlitz ausnutzen konnten. Als Bogda mich erkannte, freute sie sich und winkte mir zu, wie meine Mutter zum Abschied durchs Zugfenster bei der Abfahrt zum Kinderfreunde-Ferienlager nach Kärnten. Ich lächelte, winkte zurück und schaute, dass ich da rauskam.

Gehst du schon?, sagte mein Bruder.

Ich muss!, sagte ich, nickte ihm zu und ging durch die Tür zurück ins Tageslicht.

Mein Bruder arbeitete nicht lange im Guckloch. Nach seinem Unfall hatte er, wie soll ich sagen, sein Feingefühl in zwischenmenschlichen Beziehungen verloren, den Filter, der einen selbst und andere davor schützt, in unangenehme Situationen zu geraten. Er neigte dazu, die Wahrheit auch dort auszusprechen, wo sie gerade nicht angebracht war, und man glaubt gar nicht, wie oft die Wahrheit im Alltag und in zwischenmenschlichen Beziehungen unangebracht ist und besser nicht ausgesprochen werden sollte. Das Leben ist viel einfacher ohne die Wahrheit und noch viel einfacher nur mit der eigenen Wahrheit. Sicher, es konnte auch lustig sein, wenn mein Bruder die Wahrheit aussprach, wo es nicht angebracht war, sie auszusprechen. Die meisten lachten auch darüber, aber es war ein Lachen aus Verlegenheit, aus Irritation, aus versteckter Wut. Nachdem mein Bruder einige Gucklochbesucher, wenn er sie zufällig in der Öffentlichkeit traf, beim Einkauf mit der Familie im Supermarkt oder im Warteraum beim Hausarzt, auf ihre Gucklochbesuche angesprochen oder sich erkundigt hatte, wann sie wieder einmal im Guckloch vorbeikämen, er würde sie schon vermissen, wurde er vom Inhaber des Gucklochs mit den Worten, *du haust mir das Geschäft zusammen*, gekündigt.

Das alles fiel mir wieder ein, als ich bei Wikipedia das Wort Masturbation eintippte, den Artikel überflog und dann schließlich doch in meinem Browser ein neues Inkognitofenster öffnete und die Adresse einer Pornoseite eingab, was ich dann täglich immer um die gleiche Uhrzeit tat. Außerdem hatte ich im Gesundheitsteil einer Zeitung gelesen, dass Männer, die regelmäßig ejakulieren, ein geringeres Risiko haben, an Prostatakrebs zu erkranken. Schon bald kamen mir die immer wieder aufpoppenden Gesichter vor wie alte Bekannte und ich begann nur nach Videos mit derselben Darstellerin zu suchen. Ihr Name war August Ames.

Was mir sofort auffiel, als ich sie beim Surfen auf der Pornoseite zum ersten Mal sah: Sie hatte für Darstellerinnen in Pornofilmen unnatürlich natürliche Brüste, ein unnatürlich natürliches Gesicht und ein scheinbar unverstelltes Auftreten, was bei dem sonst überkandidelten Gehabe der üblichen Pornostars in der verkehrten Welt der Pornos ebenfalls unnatürlich wirkte. Darüber konnte man aber leichter hinwegsehen als bei der offensichtlich unnatürlichen, weil schlecht gespielten Natürlichkeit der professionellen Pornostars. Als ungeübter Pornoschauer kamen mir die Szenen auch wirklich ungestellt und echt vor und förderten dadurch meine unechte Verliebtheit. Ich glaube, ein großer Teil der zahlenden Pornokundschaft tut das aus einer unechten, sich selbst vorgegaukelten Verliebtheit und weil die vorgegaukelte ein leicht verfügbarer Ersatz für eine echte ist. Und weil man sich ja auch nie sicher sein kann, dass die echte Verliebtheit nicht auch nur eine vermeintlich echte ist, nicht wahr? Außerdem war es praktischer, sich der Berechenbarkeit einer unechten Verliebtheit auszusetzen als einer unberechenbaren echten, vor allem, wenn man gerade an einer echten gescheitert ist, so wie ich. Sie macht vielleicht nicht so satt, man verhungert aber auch nicht mit einem vollen Teller vor der Nase.

Ich schaute mir schon seit einigen Wochen die Filme mit August Ames an, mit der Regelmäßigkeit, wie man jeden Tag seine Katzen füttert, als ich einmal unabsichtlich auf die Kommentarspalte klickte. In den Kommentaren unter dem Video mit dem Titel: *August Ames bekommt von Jeff Stiff ihre Innereien neu geordnet*, bei dem unter anderem ein sloppy job an ihr verübt wurde, hatte jemand geschrieben: Dieses Video macht mich traurig. Ein anderer schrieb: Ich möchte eigentlich nur geliebt werden. Und wieder ein anderer: Liebe Trauergemeinde, lasst uns noch einmal in schöner Erinnerung an unsere geliebte August gemeinsam ablaichen. Das machte mich stutzig und zum ersten Mal tippte ich ihren Namen abseits einer Pornoseite ein. Eine der ersten Schlagzeilen war: Pornostar August Ames stirbt mit 23 Jahren. Diese Gräuelnachricht traf mich voll. Es fühlte sich an, als wäre eine gute Bekannte gestorben, von der man schon lange nichts mehr gehört hat, die einem aber trotzdem, aus Gründen, die man auf die Schnelle nicht nennen kann, *ans Herz gewachsen ist,* und ich dachte mir tatsächlich: Jetzt hast du schon wieder jemanden verloren. Von dem Zeitpunkt an konnte ich mir nie wieder ein Video mit August Ames anschauen. Laut dem Zeitungsartikel wurde ihr vorgeworfen, dass sie ihre Sexpartner aufgrund deren sexueller Orientierung diskriminiert habe. Aus gesundheitlichen Gründen, wie sie sagte, wolle sie nicht mehr mit Darstellern arbeiten, die auch in Filmen mit gleichgeschlechtlichen Partnern mitspielten. Die nahmen ihr das übel und ein sogenannter Shitstorm brach über sie herein, inklusive Todeswünschen und -drohungen von Internetheldinnen und -helden und dem gesamten Pipapo, den so ein Shitstorm mit sich bringt. Und ich dachte schon, Frauen können sich heutzutage selbst aussuchen, mit wem sie ficken. Auch, oder gerade dann, wenn sie Pornos drehen. August Ames' letztes öffentliches Posting war: Fickt euch alle. Was genau passierte, als sie nach dem Posting das Handy weglegte, darüber konnte man nur mutmaßen, wie es in den Zeitungen immer heißt. Ich stellte mir vor, wie sie, nachdem sie die Worte gepostet und ihr Handy weggelegt hatte, noch einige Minuten auf dem Rücken in ihrem Bett gelegen ist und nicht mehr einschlafen konnte. Es musste so gegen drei Uhr Früh gewesen sein. Am 5. Dezember 2017 war das Wetter in Camarillo, Kalifornien, wo sie zuletzt lebte, überwiegend klar und relativ frisch für die Jahreszeit. Der Wetterbericht sagte eine Tiefsttemperatur von circa sieben Grad voraus, bei einer durchschnittlichen Luftfeuchtigkeit von etwa vierzig Prozent. Womöglich wollte sie einen Spaziergang machen oder kurz an die frische Luft gehen, bemerkte aber, dass es ihr dann doch zu kalt war zum Spazierengehen und beschloss deshalb, doch ihr Auto zu nehmen und eine Runde zu drehen, am besten raus aus der Stadt, rüber zum Camarillo Grove Park beim Conejo Grade, wo sie oft mit ihrem Hund Cooper Gassi ging und wo sie nur eine von vielen Besuchern war, die dort ihre Picknicks, Firmen- und Teambuilding-Workshops und Schulausflüge veranstalteten. Der Park war aus einer ehemaligen Postkutschenstation entstanden, mit zwei beliebten Wanderwegen, die durch Eichenwälder führten, vorbei an duftenden Salbeifeldern und vulkanischen Felsformationen, die sie so mochte. Unter Umständen fuhr sie zuerst auf der Hauptstraße in den Park hinein, die an beiden Seiten mit großen Eichen gesäumt ist, bevor sie auf eine Seitenstraße abbog und das Auto parkte, dort, wo sie sich mit Cooper an den heißen südkalifornischen Tagen oft stundenlang im Schatten der Bäume ausruhte und ein Stöckchen nach dem andern schmiss, das der Hund auch immer wieder zurückbrachte, bis die Sonne unterging und ein laues Lüftchen vom Conejo Grade herunterwehte. Im Morgengrauen des 5. Dezember war die Stimmung bestimmt nicht so idyllisch wie an einem heißen Sommernachmittag, dachte ich. Vielleicht ist August ausgestiegen und ein Stückchen den Weg entlanggegangen, hat aber bald schon wieder, weil es sie gefröstelt hat, umgedreht und sich zurück in ihr Auto gesetzt. Ich sah sie vor mir, wie sie sich im Auto sitzend, die beiden Arme vor der Brust überkreuzt, die Schultern rieb, um sich wieder aufzuwärmen. Aus dem Handschuhfach, dachte ich mir weiter, holte sie einen Notizblock heraus, so wie ihn junge Mädchen gerne benutzen, auf dessen Blättern an den Ecken Motive von Blumen, Einhörnern oder Tieren aufgedruckt waren. Weil sie keinen Kugelschreiber dabeihatte, benutzte sie einen Kajalstift, den sie in einem Ablagefach in der Seitentür fand. Dann schrieb sie den Zettel voll, und die einzigen Geräusche, die man hören hätte können, waren die des Kajalstifts auf dem Papier und das abwechselnde Schluchzen und Rotzaufziehen durch ihre Nase. Als sie fertig war, klemmte sie die Notiz wie einen Parkzettel zwischen Armaturenbrett und Windschutzscheibe ein und stieg aus. Sie ging zum Heck des Wagens, holte die Hundeleine aus dem Kofferraum heraus und legte sie sich um den Nacken, so wie sie es immer tat, wenn sie Cooper frei laufen ließ. Dann ging sie in die Richtung des Eichenhains, der von der Straße schlecht einsehbar war, und verschwand im Dunkel des Blätterdachs. Es hätte aber alles ebenso gut oder schlecht ganz anders gewesen sein können, dachte ich.

In einem der vielen Zeitungsartikel, die ich über den Vorfall las, stand geschrieben: »Passanten fanden am Morgen des 5. Dezember 2017 die Leiche einer jungen Frau, die an einer Seilschlinge hing, welche am Ast einer Eiche befestigt worden war. Als sie die Frau entdeckten, riefen sie die Polizei. Kurz darauf traf der Sheriff von Ventura County am Fundort ein, der die Ermittlungen zur Todesursache einleitete. Nachdem die Polizei im Auto der Frau, das in der Nähe des Fundortes geparkt war, eine Notiz gefunden hatte, gingen sie von einem Suizid aus und übergaben die Leiche dem Gerichtsmediziner von Ventura County, der nach einer Autopsie die Ermittlungsergebnisse der Polizei bestätigen sollte.«

Was August Ames auf den Zettel geschrieben hat, ist nicht öffentlich bekannt. Ich stellte mir vor, dass am Ende der Nachricht das Motto ihres Instagram-Accounts notiert gewesen sein könnte: I love life. Find your happiness.

Party in Belgrad

Geweckt wurde ich durch das Trommeln an der Kabinentür. Es dauerte eine Weile, bis ich eine Stimme erkennen und die Person, zu der die Stimme gehörte, auch zuordnen konnte. Es war Nena, die vor der Klokabine stand, mit ihren Fäusten gegen die Tür trommelte und andauernd meinen Namen schrie. Ich lag zusammengerollt wie ein Engerling auf dem Boden vor der Klomuschel und konnte durch den Spalt ihre knallroten hochhackigen Pumps sehen.

Mach auf! Wir müssen los! Sofort! Bitte! Schnell!, schrie sie.

Ich musste mich erst mal aufsetzen und ein paarmal durchschnaufen, tief einatmen und langsam ausatmen, damit die Übelkeit etwas nachließ. Das hatte ich von meinen ersten jugendlichen Räuschen gelernt, wo man umso mehr säuft, je weniger man verträgt: sich hinsetzen, Oberkörper nach vor beugen, den Kopf in die Hände stützen, tief einatmen und langsam ausatmen. Das hat mir immer geholfen und wird mir jetzt hoffentlich auch wieder helfen, dachte ich, vor allem, weil das Getrommel immer ungeduldiger wurde.

Mach die Tür auf, komm schon!, sagte sie.

Einen Moment, sagte ich, kniete mich hin, damit ich den Hebel erwischen konnte, und schob den Riegel zur Seite. Sofort wurde die Tür aufgerissen, Nena kam herein und versuchte, mich unter den Achseln aus der Kabine zu ziehen.

Nicht so schnell!, sagte ich und merkte, wie mir gleich wieder schlecht wurde.

Geht's?, sagte sie.

Warte kurz!, sagte ich und schaffte es, mich am Türgriff der Klokabine hochzuziehen.

Siehst du, geht doch!, sagte sie.

Okay, ich bin so weit!, sagte ich, kotzte aber, sobald ich den Satz ausgesprochen hatte, auf die Fliesen.

Aber jetzt geht's, sagte ich, und: Scheiß Slibowitz, ich hab Veli ja hundertmal gesagt, dass man diese Jugo-Nitroverdünnung nicht saufen kann!

Gesoffen hast du sie aber trotzdem, oder?, sagte Nena und versuchte, mit Ausfallschritten über die Fliesen zu steigen, ohne dabei in meine Kotze zu treten.

Sie hielt mich unter den Achseln fest, ich legte einen Arm um ihren Nacken und die Schulter, mit der anderen klammerte ich mich an den Handlauf des Geländers und so gingen wir Schritt für Schritt die Stiegen in Richtung Club hinauf.

Was ist denn überhaupt los?, sagte ich.

Wirst du gleich sehen, sagte Nena.

Sie machte die Flügeltür auf und der Club war völlig leer. Wie spät war es? Ich war doch nicht so lange am Klo gelegen. Als ich runter bin, um zu pausieren, war die Hütte noch bummvoll, dachte ich. Die Situation kam mir sowieso komisch vor, es war zwar kein Mensch mehr da, aber die Musik lief noch in voller Lautstärke und an den Tischen standen frisch gezapfte Biere, halb volle Cocktailgläser und Zigarettenpackungen. Ein paar umgefallene Barhocker lagen auf der Tanzfläche und die Reste eines zerbrochenen Aschenbechers.

Weiter, weiter, nicht stehen bleiben!, sagte Nena und lotste mich um die Ecke, wo eine weitere längere Stiege zum Ausgang hinauf führte.

Geht's?, sagte Nena.

Nach einer kurzen Atempause meinerseits ging es wieder. Oben angekommen, standen die Türen sperrangelweit offen. Wo vorher noch ein Türsteher die brav in einer Reihe angestellten Gäste durch eine schmale Tür durchließ oder sie wieder wegschickte, je nachdem, war die Brandschutztür über die ganze Front des Eingangs aufgemacht und offen gelassen worden. Auch vor dem Club war kein Mensch zu sehen. Außer einem, der am Boden lag und sich nicht rührte. Die nächste Schnapsleiche, dachte ich.

Die Entscheidung für den Ausflug war spontan gewesen. Unsere Firma betreute die Niederlassung im serbischen Niš. Milan, der dortige Niederlassungsleiter, war uns schon seit Wochen wegen seiner Hochzeit in den Ohren gelegen: Wir müssten unbedingt kommen, es würde ein Riesenfest werden, eine riesengroße Ehre für ihn und seine Frau undsoweiter. Meine bosnische Kollegin Snezana und mein serbischer Kollege Velibor waren gleich voll dabei.

Komm schon, sagte Veli, machen wir Tschuschen-Schwabo-Ausflug in Jugoland!

Ich weiß nicht, sagte ich, die lange Fahrerei nervt ganz schön.

Das teilen wir auf, sagte Nena, meine Mama hat Wohnung in Belgrad, da bleiben wir eine Nacht und fahren nächsten Tag weiter.

Beide redeten mit mir ab und zu absichtlich in Austrojugodeutsch, obwohl sie sonst nur nach der Schrift sprachen.

Ich vertröstete sie, solange ich konnte. Als es in ein paar Tagen so weit war und sie mich wieder bearbeiteten, ließ ich mich überreden und sagte zu. Einen Tag vor der Abreise kam ich drauf, dass mein Pass abgelaufen war. Das nutzte ich als Ausrede, um mich doch noch abseilen zu können, aber ich hatte keine Chance.

Nena sagte: Gibt's eh Express-Pass! und fuhr mich mit ihrem Audi 80 zur U-Bahn-Station am Reumannplatz, wo ich mir beim Automaten ein Passfoto machen ließ, und dann weiter zum Magistrat im neunten Bezirk, wo sie mir tatsächlich nach einer Stunde Wartezeit und einigem an Schmerzensgeld einen Pass aushändigten. Die Schmerzen hatte ich, das Geld der Magistrat.

Siehst du, sagte Nena, Österreich ist nicht Balkan, Wien nur die Hälfte, und lachte.

Und schon saß ich auf dem Rücksitz von Velis Škoda, neben mir Nena und vorne am Beifahrersitz Costa, Nenas griechischer Freund, und fuhr Richtung Ungarn, über das wir nach Serbien beziehungsweise Bosnien weiterfahren würden. Vorher hatten wir noch in der Firma den Kofferraum mit Werbegeschenken vollgeladen, die Lücken zwischen unseren Koffern wurden mit Kalendern, Kugelschreibern, Feuerzeugen, Notizblöcken, T-Shirts,

Stoffsackerln, Zirbenschnapsflaschen aus der Steiermark und Zuckerlpackungen aufgefüllt. Die Sachen würden uns noch gute Dienste leisten.

Bei der Grenze wurden wir von der serbischen Grenzpolizei aus der Schlange, in der wir vorher schon anderthalb Stunden im Stau gestanden waren, herausgewunken.

Oje, sagte Nena, das kann jetzt dauern.

Wir stiegen aus dem Auto und setzten uns neben dem Zollhäuschen auf die davor betonierte Stufe und zündeten uns eine Zigarette an. Ich auch, obwohl ich Nichtraucher war.

Aus Zeitvertreib, sagte ich, weil mich die anderen stirnrunzelnd anschauten.

Veli verschwand mit dem Zollbeamten und den Dokumenten in der Hand hinter einer Tür, von der der hellgrüne Lack schon fast zur Gänze abgeblättert war, in einem betonierten Bungalow. Zu unserer Überraschung kamen die beiden nach fünf Minuten wieder heraus und gingen zu unserem Auto und direkt zum Kofferraum. Veli fischte ein Stoffsackerl heraus, stopfte es bis zum Rand mit einem Potpourri aus Werbegeschenken voll und ging damit wieder zurück in den Dienstbunker des Zöllners, der ihm hinterherging. Gleich darauf kam Veli heraus und winkte uns zu sich. Wir stiegen alle wieder ein und fuhren an der Schlange im Stau stehender Autos vorbei über die Grenze.

Welcome to Serbia!, sagte Veli, lachte und nahm einen Schluck aus der steirischen Zirbenschnapsflasche.

Nach circa dreieinhalb Stunden Fahrt bogen wir Richtung Banja Luka in Bosnien ab, was ich für eine Schnapsidee hielt, weil Belgrad und Banja Luka zwar auf der gleichen Höhe, aber genau in der entgegengesetzten Richtung lagen. Wir mussten deshalb am Ende also bis nach Belgrad nicht nur die dreihundert, sondern um die sechshundert Kilometer fahren.

Und alles nur wegen euren Scheiß-Ćevapčići!, sagte ich, weil der Entscheidung, nach Banja Luka zu fahren, ein dreistündiger Streit über Ćevapčići vorangegangen war beziehungsweise darüber, wo die besseren Ćevapčići gemacht würden: Im bosnischen Banja Luka oder im serbischen Belgrad. Natürlich sagte Nena, dass es die besten Ćevapčići in Banja Luka gibt, und Veli sagte natürlich, dass es die besten Ćevapčići in Belgrad gibt. Die Banja-Luka-Ćevapčići sind nicht nur besser als die serbischen, sie sind überhaupt die besten am Balkan, sagte Nena. Man erkennt aus hundert verschiedenen Balkan-Ćevapčići-Variationen schon alleine vom Geruch her, nein, vom Duft her, die Banja-Luka-Ćevapčići heraus, da muss man gar nicht erst hineinbeißen, sagte sie. Beißt man hinein, sind im Vergleich zu den Belgrad-Ćevapčići die Banja-Luka-Ćevapčići saftig, dick und fleischig, die Belgrad-Ćevapčići dagegen trocken, dünn und mehlig, sagte sie, worauf Veli sagte, dass es in Wahrheit genau umgekehrt sei, die Belgrad-Ćevapčići sind knusprig, nicht zu überwürzt und mundgerecht, die Banja-Luka-Ćevapčići hingegen wässrig, fett, weich und versalzen. Costa sagte, die besten Ćevapčići sind sowieso griechische Soutzoukakia, und ich sagte, wenn schon Ćevapčići, dann Fleischlaberl. Weil die Diskussion zu nichts führte, bestand Nena darauf, die zwei unterschiedlichen Varianten zu verkosten, weshalb uns nichts anderes übrig blieb, als vor Belgrad noch nach Banja Luka zu fahren.

Gleich nach der Grenze zu Bosnien, wo wir beim Grenzbeamten wieder ein paar Werbegeschenke loswurden, bestand ich auf einer Bierpause. Bei der nächstbesten Raststation fuhren wir von der Autobahn ab. Die Raststation war eine Tankstelle mit angebautem Imbiss. Über dem Eingang hing ein Schild mit der Aufschrift »Restoran«. Vor dem Eingang waren Holztische und Bänke aufgestellt, an einem Tisch saßen drei Frauen um die zwanzig, die Kaffee aus Plastikbechern tranken. Veli ging rein, holte vier Bier und wir setzten uns an den gegenüberliegenden Tisch. Es dauerte nicht lange, bis Veli die Frauen ansprach. Frauen anzusprechen, die er nicht kannte, war schon zwanghaft bei ihm. Nach einem kurzen Smalltalk kam dann meistens ein anzüglicher Witz oder irgendein schweinischer Spruch. Veli war zwar über zwei Meter groß, hatte aber trotzdem eine naive, spitzbübische Art, weshalb ihm die Frauen die Zoten meistens nicht übel nahmen und mitlachten. Was er zu den Frauen sagte, konnte ich freilich nicht verstehen, aber nach ein paar Sätzen lachten sie schon mit ihm mit und auch Nena lachte. Gleich darauf stand er von unserem Tisch auf und setzte sich zu ihnen rüber. Das wird Stunden dauern, bis wir in Banja Luka sind, um die bosnischen Ćevapčići zu verkosten, und weitere Stunden, bis wir in Belgrad sind, um die serbischen Ćevapčići zu verkosten, dachte ich. Gleich steht Veli auf und holt im Restoran eine Runde Schnaps, bei der es bestimmt nicht bleiben wird, so wie ich ihn kenne. So wie ich ihn kenne, befindet er sich erst im submaximalen Bereich seines Anbrat-Pensums, da geht noch einiges!, dachte ich. Kaum fertig gedacht, stand er auch schon auf, ging in das Restoran und kam mit einem Tablett zurück, das vollgerammelt mit Schnapsstamperl war. Als Veli die Schnäpse hinstellte, einen Trinkspruch aufsagte und mit den Frauen anstoßen wollte, standen die überraschenderweise plötzlich und gleichzeitig auf, schütteten sich die Schnäpse hinter die Schulter, antworteten mit einem kurzen, wie gebellten Satz, hoben die Köpfe und wischten sich mit einer schnellen Bewegung und der Rückseite ihrer flachen Hand unter dem Kinn nach oben und gingen weg, ohne ihn noch mal anzuschauen. Veli lachte leicht verlegen, zuckte mit den Schultern und sagte: Schade um den Schnaps eigentlich.

Was war das jetzt?, sagte ich.

Das waren Bosniaken, sagte Nena.

Und?, sagte ich, wir sind ja in Bosnien.

Was, und!, sagte sie. Sie haben halt gemerkt, dass Veli ein Serbe ist. Die mögen keine Serben, wegen Krieg, jebem ti! Erinnerst du dich? Haben halt geglaubt, Veli ist Schwabo-Bosniak, ajde!

Ich wollte ja gleich nach Belgrad, sagte Costa.

Passt, fahren wir gleich nach Belgrad, sagte Nena, hab eh keinen Bock mehr auf jebeni Ćevapi.

Veli zuckte wieder mit den Schultern und sagte: Ist mir auch recht, trank den Schnaps und das Bier auf ex, ging zum Auto rüber und wir ihm nach.

Wir standen vor den Türen und warteten, bis er aufsperrte.

Was zum Teufel!, sagte Veli, kommt her und schaut euch das an!

Wir gingen rüber, er zeigte auf das Schloss und wir schauten uns das an. Jemand hatte versucht, die Tür aufzubrechen. Die Blechkante war mit einem Schraubenzieher, einem Brecheisen oder ähnlichem Werkzeug aufgebördelt und im Schloss war herumgestochert worden. Zum Glück erfolglos. Mit dem Schlüssel konnte Veli die Tür nicht mehr aufsperren.

Jebem ti!, sagte er, in Jugo wollen sie dir sogar einen stinkenden Škoda stehlen! Das ist wie wenn du beim Kebab-Stand auf der Quellenstraße die Zeche prellst!

Wir lachten, die gedrückte Stimmung nach der Aktion mit den Bosniaken war jetzt wieder besser und Costa bekam von Nena sogar ein Bussi auf den Mund.

Ich war froh, dass wir nicht den Umweg nach Banja Luka nehmen mussten. Vielleicht konnte ich noch eine Stunde schlafen, es würde ohnehin noch eine lange Nacht werden.

Veli stieg über die Beifahrerseite ein und wir fuhren los.

Ich schlief sogar länger als eine Stunde, und zwar fast die ganze Fahrt. Als ich aufwachte, waren wir schon in Belgrad und gerade wieder einmal von der Polizei angehalten worden.

Schon wieder?, sagte ich.

Schon wieder, sagte Costa, und die letzte Kontrolle vor hundert Kilometern hast du sogar verpennt.

Kontrolle konnte man eigentlich gar nicht sagen, weil bei jeder Anhaltung nichts kontrolliert worden war, sondern uns nur irgendwelche vermeintlichen Verkehrsübertretungen vorgeworfen wurden.

Veli fischte aus dem Kofferraum den letzten Rest der Werbegeschenke aus den Lücken zwischen unseren Koffern, steckte sie in ein Stoffsackerl und gab es dem Polizisten. Der nahm es zwar entgegen, verstaute es auch gewissenhaft im Kofferraum seines Polizeiautos, schien aber damit trotzdem nicht zufrieden zu sein. Nach einem kurzen Wortwechsel schrien sie einander an und fuchtelten mit den Armen, Veli kletterte von der Beifahrertür über Costa zurück ins Auto. Neben uns stand immer noch der schimpfende Polizist und klopfte an die Scheibe. Veli holte einen Zehneuroschein aus seiner Hosentasche heraus, machte das Seitenfenster einen Spaltbreit auf und schnippte den Schein hinaus. Der Polizist bückte sich danach, um ihn aufzuheben. Veli startete den Motor und fuhr mit quietschenden Reifen weg. Der Polizist zeigte uns mit ausgestrecktem Arm die Faust, fuhr uns aber nicht nach.

Glaubst du, er fährt uns nach?, sagte ich.

Das ist dem viel zu stressig, sagte Veli. Für das Gehalt, das die ihm hier zahlen, macht der nur das Nötigste.

Schwabo-Serben abzocken zum Beispiel!, sagte Nena und lachte.

Genau, da kauft er sich lieber mit meinen zehn Euro ein paar Slibos, Nazdravlje!, sagte Veli.

Als wir in Nenas Wohnung ankamen, war es kurz vor elf Uhr. Ich packte meine Tasche aus und legte mich auf das Feldbett, das Nenas Mutter für mich hergerichtet hatte. Eigentlich hatte ich keine große Lust mehr, noch auszugehen. Noch dazu in einen Nachtclub, eine Bierbar wäre mir lieber gewesen, aber Nena wollte tanzen, das bedeutete: Schlange stehen, Gesichtskontrolle, Unmengen

Red-Bull-Wodka. Mit etwas Glück ließen sie vielleicht einen Bauern wie mich nicht in den Club rein.

Ich zieh mich nur schnell um, und dann können wir!, sagte Nena.

Ich stellte mich, wie bei Velis Anbratereien, auf eine längere Wartezeit ein.

Zu meiner Überraschung war sie nach zwanzig Minuten fertig und sah aus wie eine andere Nena. Im Büro trug sie immer Jeans, Sneakers, T-Shirt, zusammengebundene Haare und war wenig geschminkt. Jetzt sah sie aus wie ein Filmstar: rote Pumps, enges rotes Kleid, lackierte Nägel undsoweiter. Die anderen zwei hatten Anzüge an und schauten aus wie Geheimdienstler. Jetzt kam ich mir noch mehr wie ein Bauer vor.

Gut schaust du aus!, sagte Nena und drückte mir einen Lippenstiftschmatz auf die Wange. Nena und Veli hakten sich bei mir unter und wir gingen los, um uns ein Taxi zu holen. Es musste so gegen Mitternacht sein. Daran, was in den nächsten paar Stunden passiert ist, kann ich mich nur mehr zum Teil erinnern.

Vor dem Club war natürlich die erwartete Menschenschlange. Wir stellten uns aber nicht hinten an, sondern gingen daran vorbei. Veli und Costa gingen zum Türsteher, redeten kurz mit ihm und er winkte uns durch. Veli hatte vorab bei dem Barkeeper, den er von irgendwoher kannte – der Cousin vom Freund einer Tante oder so ähnlich –, unser Kommen angekündigt und einen Tisch reserviert. Als wir die Stiegen runtergingen, war der Club schon voll mit Leuten, auch alle Tische waren besetzt. Die Gäste sahen perfekt aus, wie in einer Hollywoodschmonzette. Veli ging zur Bar, wo er den Barkeeper umarmte und mit ihm plauderte. Gleich darauf kam eine Kellnerin, die eine Gruppe Gäste von einem Tisch verscheuchte. Eine andere folgte ihr und stellte eine mit Eiswürfeln und Red-Bull-Dosen gefüllte Glasschüssel auf den Tisch, die fast den ganzen Platz einnahm. Das war jetzt unser Tisch. Vor jeden von uns stellte sie ein Glas und eine Flasche Wodka, die in einem Flaschenkühler steckte. Unterhalten konnte man sich schlecht, weil die Musik zu laut war, darum konzentrierte ich mich aufs Trinken und schaute Nena beim Tanzen zu. Das muss circa zwei bis drei Stunden so gegangen sein. Dazwischen füllte die Kellnerin immer wieder die Schüssel mit Red-Bull-Dosen auf und tauschte die leeren Wodkaflaschen gegen neue. Immer wieder kam eine Runde Slibowitz an den Tisch, die uns der Barkeeper spendierte. An der Bar neben der Tanzfläche sah ich, wie zwei Männer miteinander stritten. Zumindest sah es für mich nach einem Streit aus. Anfangs fuchtelten sie nur mit ihren Armen, dann schubste einer den anderen und der andere schubste zurück und schon hatte der erste Schubser sein Cocktailglas an der Tischkante der Bar abgeschlagen und ging auf den anderen damit los. Der andere war aber um einiges größer als der Angreifer und streckte ihn, noch bevor der mit dem zerbrochenen Glas etwas an ihm anrichten beziehungsweise ihn damit aufschneiden konnte, mit einer Geraden nieder. Nach einer kurzen Bewusstlosigkeit sprang der aber sofort auf und wollte wieder auf ihn losgehen, als ich sah, wie Veli die Kontrahenten umarmte und die beiden in seiner Teddybärenart versöhnen wollte. Dieses Szenario kannte ich von den Raufereien bei den Volks- und Sautänzen aus meiner Landjugend zur Genüge. Die Eskalationskette folgte immer demselben Muster: saufen, stänkern, rangeln, raufen, schlichten, saufen. Wobei der Schlichter ab der Stufe »rangeln« die Bühne betrat und sich mit den Worten: »Das zahlt sich nicht aus!« zwischen die Kontrahenten stellte, um zu schlichten. Aus Erfahrung ging das für den Schlichter oft nicht gut aus und er wurde aufgrund seiner Intervention von beiden Kontrahenten zusammengeschlagen. Costa erkannte die Gefahr offensichtlich auch, sprang von seinem Hocker, rannte rüber und zog Veli von den beiden weg, vor allem, weil der Kleinere schon wieder eine abgeschlagene Bierflasche beim Hals in der Hand hielt. Ich wollte eigentlich auch aufspringen und zu Veli rüberlaufen, aber meine Beine folgten mir nicht mehr. Durch diese kurze Kreislaufanregung wurde mir schlecht und ich wusste, wenn ich nicht schleunigst auf ein Klo kam, würde ich hier alles vollkotzen, die Brühe aus Wodka, Red Bull und Slibowitz stand mir schon bis zum Gaumenzäpfchen. Während ich die Stiege zum Klo hinuntertorkelte, sah ich aus dem Augenwinkel, wie der Türsteher den wie ein Saibling an Land zappelnden Randalierer am Kragen aus dem Club zerrte. Das Nächste, woran ich mich erinnere, ist das Klopfen an der Klokabinentür und Nenas Schreie.

Im Nachhinein bilde ich mir ein, einen Knall gehört zu haben, als ich wie ein Engerling um die Klomuschel gewickelt dalag. Es hörte sich an wie ein Böllerknall, dachte ich, aber sicher war ich mir natürlich nicht, baute es aber in den Erzählungen für die Freunde und Verwandten zu Hause so ein, als hätte ich nicht nur einen Knall gehört, sondern eindeutig einen Schuss.

Die nächste Schnapsleiche, dachte ich also, als wir vor dem Club standen. Ich erkannte in ihr einen der beiden Typen wieder, die sich vorher unten geprügelt hatten, und zwar den größeren der beiden, der den Kleingiftigen, der ihn mit dem abgeschlagenen Cocktailglas aufschlitzen wollte, niedergeschlagen hatte. Es war zwar dunkel, aber der Kontrast seines Gesichts zur Farbe des dunklen Asphalts, auf dem es flach wie ausgewalkt lag, fiel mir auf: Eine ungesunde, graue Bleiche. Dann sah ich auch warum.

Nicht hinschauen, sagte ich zu Nena.

Natürlich schaute sie, gerade weil ich gesagt habe, sie soll nicht hinschauen, umso genauer hin. Wie wenn man seinem Kind sagt, es soll sich den Schlecker, den es vom Boden aufgehoben hat, nicht in den Mund stecken. Am Hinterkopf seines kahl rasierten Schädels war aus einem kleinen Loch Blut ausgetreten, das am Asphalt zu einer Pfütze geronnen war. Es sah aus, als hätte ihm jemand mit einem braunen Filzstift einen Strich aufgemalt. Nena fing sofort zu schreien an: Der ist tot! Der ist tot! Sie hörte nicht mehr auf damit, Der ist tot! zu schreien. Das Adrenalin war mir eingefahren und ich war wieder fast nüchtern.

Leise!, zischte ich, wir müssen hier so schnell wie möglich weg! Ich sah mich schon die nächsten Tage auf einem serbischen Polizeirevier verbringen. Nena hyperventilierte, weinte und schrie gleichzeitig: Der ist tot!

Endlich sah ich Costa und Veli, die uns zu sich herüberwinkten. Jetzt stützte ich Nena und wir liefen zu ihnen rüber. In dem Moment bog der Barkeeper vom Club in seinem Yugo um die Ecke, stieß noch während der Fahrt die Türen auf und wir sprangen rein, beziehungsweise quetschten wir uns rein, weil der Zastava Yugo wie ein geschrumpfter VW Polo daherkam. Zu dritt hatten wir hinten nebeneinander keinen Platz, weshalb Nena auf Costas Schoß saß und immer noch schrie: Der ist tot!, Der ist tot!, bis ihr Costa zwei klatschende Ohrfeigen gab. Dann wimmerte sie nur mehr, bis sie auf Costas Brust eingeschlafen war, der ihren Kopf streichelte.

Am nächsten Morgen packten wir zeitig unsere Sachen und schauten, dass wir aus der Stadt rauskamen. In der Nähe des Clubs standen Soldaten, die Personenkontrollen durchführten und Autos anhielten. Uns kontrollierten sie nicht, und ich glaube, diesmal hätten keine Feuerzeuge, Kugelschreiber und Kalender oder ein Zehneuroschein geholfen. Veli erzählte, was passiert war. Nachdem der Türsteher den Kleingiftigen rausgeschmissen hatte, war der zu seinem Auto gegangen, hatte eine Pistole aus seinem BMW E65, mit einem 4-Liter-V8-Motor geholt, wie Costa sagte, der sich bei Autos auskannte, und sich neben eine Gruppe von Frauen gestellt. Er zündete sich eine Zigarette nach der anderen an und wartete, sagte er. Als irgendwann der Große herauskam, ging er zu ihm rüber und schoss ihm wortlos in den Hinterkopf. Er steckte die Pistole ein und ging weg. Minuten später verließen alle fluchtartig das Lokal.

Außer einem Spezialisten, sagte Veli, der ist besoffen auf dem Scheißhaus gelegen und hat seinen Schönheitsschlaf gehalten.

Zum Glück hat Miro, wie der Barkeeper hieß, auf uns gewartet. Zurück in Österreich fand Nena aus einer Belgrader Zeitung heraus, dass der Täter der Sohn eines Lokalpolitikers war, was wohl das Aufgebot von Soldaten am nächsten Tag erklärte.

Die Hochzeit in Niš feierten wir weniger ausgelassen. Ich hielt mich am Bier schadlos, was eine

Herausforderung war, weil der Kellner, der ausschließlich für mich abgestellt zu sein schien, die ganze Nacht hinter mir stand wie ein Schatten und mein Glas, sobald ich es nach einem Schluck auf dem Tisch abgestellt hatte, sofort wieder auffüllte. Ich saß deshalb die ganze Nacht vor einem vollen Bierglas. Zumindest ließ ich die Finger vom Schnaps. Während der gesamten Hochzeitsfeier spielte eine Kapelle traditionelle Balkanmusik in traditionell ohropaxreifer Lautstärke und die Gäste tanzten stundenlang Kolo. Zum Schluss blieb nur mehr ein kroatischer Akkordeonspieler übrig, der zwischen den Tanzenden durchging und Liedwünsche entgegennahm. Erfüllte er den Wunsch, wurden ihm als Dank Geldscheine in Hemd- und Hosentaschen gesteckt oder mithilfe von Spucke auf die Stirn geklatscht. Hier johlte die Menge besonders. Am Ende kam es noch einmal zu einem kurzen Tumult, als der Akkordeonspieler nach zehn Stunden Spielzeit aufhören wollte und der Brautvater, der noch nicht genug hatte, zu ihm lachend sagte: Leider haben wir damals noch viel zu wenige von euch erledigt. Der Akkordeonspieler lachte mit ihm mit und spielte dem selig dazu schunkelnden Brautvater noch ein letztes Ständchen.

Nach diesem Ausflug brauchte ich eine Woche Zeit, um meinen Körper zu entgiften, und Bier schmeckte mir erst Wochen später wieder so halbwegs. Schon bald aber war wieder der nächste Trip geplant. Der Firmenausflug sollte diesmal nach Leskovac gehen, der Geburtsstadt von Veli, wo wir gemeinsam mit seinem Großvater den berühmten Quittenschnaps brennen und verkosten sollten. Natürlich ließ ich mich nach langem Hin und Her wieder überreden, mitzufahren.

Als es so weit war, lag ich zum Glück mit hohem Fieber und einer eitrigen Angina im Bett und musste zu Hause bleiben.

Foto © Robert Saringer

Harald Darer, geboren 1975 in Mürzzuschlag, Steiermark, begann nach der Lehre zum Elektroinstallateur und einschlägigen Weiterbildungen mit dreißig Jahren zu schreiben. Sein Debütroman »Wer mit Hunden schläft« erschien 2013 im Picus Verlag. Weitere Romane folgten: »Herzkörper«, »Schnitzeltragödie«, »Blaumann« und 2022 »Mongo«. 2023 erschien das von Sibylle Vogel illustrierte Kinderbuch »Franz, die Wanz und Jack, der Zeck«. www.der-darer.net